DU MÊME AUTEUR

Aux Éditions Gallimard

LE DÉSARROI DE L'ÉLÈVE WITTGENSTEIN, 2003 (Arléa-Poche n° 262)
LA PART DE L'ABSENT, 2004
MONSIEUR BOVARY, 2006
LA CONJECTURE DE SYRACUSE, 2008
PORTRAIT DE LORENZACCIO EN MILICIEN, 2010
LE PHÉNOMÈNE, 2012
MAURICE BARRÈS OU LA VOLUPTÉ DES LARMES, 2013
OTAGE DE MARQUE, 2016
FANTAISIES MILITAIRES, 2019
LE SOLDAT ULYSSE, 2022. Prix littéraire Europe 1-GMF

Chez d'autres éditeurs

L'ANNÉE PROCHAINE À NEW YORK, *Arléa*, 2017

MADAME STAVISKY

À ma mère

Qui s'excuse, s'accuse.

STENDHAL

Ce n'est pas là le bilan d'une ogresse.

COLETTE

PREMIÈRE PARTIE

15 août 1915

Je me glisse en tremblant dans le cabinet de travail de mon père.

C'est un bureau sombre dans une grande maison froide au centre de Blois, une pièce d'ordre, d'une propreté extrême où il est impossible de parler à voix haute, qui donne envie de se recroqueviller, se rouler en boule, disparaître derrière les plinthes. Mais que ne ferais-je pas pour contenter mon père ? Dégager d'abord mon visage de ses longues mèches brunes, m'assurer ensuite de l'état de mes vêtements, la netteté de mes mains, mes ongles, mes lèvres après que j'ai grignoté un gâteau, frotter mes pantoufles l'une sur l'autre afin d'en faire tomber les poussières sur le seuil de la pièce, des pantoufles de daim rouge qu'il a rapportées d'un voyage à Venise, avec languette, rubans.

« Ce n'est pas un bureau, c'est un caveau ! Une hygiène de potard, persifle souvent ma mère, de tisanier bilieux ! N'épousez jamais un pharmacien, ma fille, grands dieux, non ! »

Dans ce cabinet de travail nul livre, fauteuil, tapis, rideau ou voilage aux fenêtres. Pour tout mobilier une immense table de bois derrière laquelle se tient mon père. Il porte aujourd'hui un uniforme impeccable, des bottes brillantes. Il a posé son képi devant lui avec ses gants. Son visage tremble sous la lumière vacillante d'un bougeoir. On dirait qu'il est de passage. Un beau visiteur aux contours flous. Face à lui, une chaise basse comme un prie-Dieu sur laquelle il a l'habitude de m'inviter à m'asseoir d'un simple geste de la main. Sur la table de travail il n'y a qu'un jeu de fioles translucides, quelques pots d'herbes rares, un carnet de moleskine, un stylo plume.

Depuis trois jours, de retour du front, il s'est enfermé dans le bureau, n'en sort qu'à l'occasion des repas. Il ne fait rien, n'écrit pas dans le carnet, ne manipule pas les fioles. Sans bouger il médite en regardant le jardin découpé en bandes fines par les persiennes qu'il a fermées en y pénétrant, des persiennes à travers lesquelles la lumière du jour hésite, clignote dès qu'on remue la tête.

J'éprouve un malaise diffus en m'introduisant dans cette pièce. L'endroit est glacial, impersonnel. De plus l'immobilité de mon père m'impressionne. Ce vide sonore (le moindre pas y résonne comme dans une église) m'accable, me leste sans que je sache de quoi. Je m'y enfonce. Mais aujourd'hui je veux faire plaisir à mon père, sur son visage susciter un semblant de joie par-delà la dureté triste de ses traits.

Parfois avant la guerre, malgré la distance, lui derrière la table, moi sur le prie-Dieu, il me racontait une histoire. Toujours la même – *Peau d'Âne.*

« Racontez-moi encore, papa, la robe couleur de temps, la robe couleur de lune, la robe couleur de soleil. »

M'affranchissant du conte je m'imaginais aussitôt à son bras, montant les marches de la cathédrale de Blois.

Tout à l'heure j'ai entendu ma mère annoncer à la bonne qu'il partait dès après le dîner. Un train de nuit pour regagner Paris, de là le front. Je n'ose pas lui demander de me raconter *Peau d'Âne*, il a l'air si fatigué, si soucieux.

« Vivement ce soir ! du balai ! ajoutait ma mère à l'oreille de la bonne, du balai ! »

La bonne ne réagissait pas, ni acquiescement ni protestation, elle souriait en m'encourageant à rejoindre mon père dans le bureau. La bonne est très jeune, quelques années à peine de plus que moi, on se ressemble d'ailleurs un peu. Même visage tout en pâleurs, bouche, peau, avec dans les yeux clairs une expression similaire de douceur résolue. C'est ce que dit ma mère.

Je suis à présent assise devant mon père sur la petite chaise, l'air aussi heureuse qu'il m'est possible dans cette pièce. J'ai vaincu ma peur, voudrais qu'il cède, se détende, dégrafe le col de sa vareuse, desserre son baudrier, qu'il comprenne qu'il n'a plus besoin de cela, je suis avec lui, nous sommes ensemble ligués contre un ennemi commun. Ensemble nous le ferons fuir, déblayer le terrain. Nous pourrons bientôt nous y promener main dans la main comme avant la guerre lorsqu'il m'accompagnait à l'école, à l'église. Tous les deux seuls au monde. Je ris d'un minuscule rire tendre. J'aimerais avoir le courage de lui dire que c'est une folie de prendre les choses de façon aussi tragique. Ce maintien, cette sévérité, cette ankylose. Je ne devine rien, suis trop jeune.

Mon père me regarde intensément, comprend sans doute en observant mes épaules frêles d'enfant, mes traits indécis encore, mes jambes menues, comprend que son rôle n'est pas achevé, son devoir n'est pas accompli, sa tâche de père n'est pas terminée. Il faut qu'il revienne, tienne, revienne encore. Il se lève, rajuste les plis de sa vareuse, lève la tête, dégage son cou du col qui lui agace la peau.

— Ma petite Arlette, je crois que votre mère nous attend.

17 juillet 1919

« Ta fille est un amour, Berthe, un amour. »

Je suis dans l'escalier, une valise à la main. Quelque chose en moi se détache, s'effondre. C'est peut-être mon enfance, mon innocence qui se brisent au fond de moi. La tête me tourne, je me tiens à la rampe. Mes jambes tremblent, j'ai mal au ventre. Où aller ? En moi, glacée et détestable, l'image coagulée du sourire moqueur du Gigolo, l'amant de ma mère, qui allume une cigarette, ouvre le journal en me contemplant dans l'entrée de l'appartement de Passy, transie avec ma valise à mes pieds, mon manteau sur les épaules.

« Ta fille est un amour, Berthe. »

Je me raidis dans la pénombre de la cage d'escalier en me rappelant les mots trop affectueux du Gigolo lorsqu'il parlait de moi à ma mère en faisant mine d'ignorer que je l'entendais.

« Elle grandit, ton Arlette, elle prend des formes, elle devient une jolie jeune fille, elle te ressemble de plus en plus, tu ne trouves pas ? »

Je me dis que je dois tenir bon, ne pas reculer, ne pas revenir en arrière, ne pas avoir peur. Il faut que j'oublie le visage placide de ma mère tandis que je lui révélais en tressaillant les allées et venues du Gigolo la nuit, de leur chambre à ma chambre, son insistance, son endurance tranquille, cette certitude flegmatique avec laquelle il me laissait entendre qu'il avait tout son temps, je finirais bien par céder.

« Comme les autres, disait-il en m'agaçant la peau du cou d'un ongle effilé, comme toutes les autres. »

Ma mère ne me donnait à voir qu'un visage impassible, n'attendait plus qu'un baiser sur sa joue pour clore l'incident.

« Allons ma fille, vous divaguez, venez donc ici près de moi. »

Je n'ai pas eu le courage de lui demander comment elle avait osé remplacer mon père si droit, si héroïque, qui s'était sacrifié à la tête de son détachement, par ce bellâtre à la calvitie gominée qui avait dix ans de moins qu'elle, n'avait jamais travaillé de sa vie ni même porté l'uniforme grâce à ses relations, se contentait depuis longtemps de fréquenter des femmes fortunées, profitait maintenant sans vergogne du capital dont elle disposait (depuis la vente de la pharmacie familiale à Blois) en jouant le jour au polo, la nuit au poker avant de rentrer ivre, se faufiler jusqu'à ma chambre, fourrer ses mains moites sous mes draps en me vomissant au visage une haleine de vautour.

« Comme les autres », disait-il.

Mais je ne suis pas comme les autres. Je viens d'obtenir mon baccalauréat, je ferai la secrétaire, la dactylo, la nurse, la bonne s'il le faut.

N'importe quoi plutôt que demeurer une minute de plus sous la menace du Gigolo.

5 septembre 1919

1

Je rencontre Romualdo Mora pour la première fois dans le salon des parents d'une amie du cours Dupanloup qui, informés par leur fille de mon infortune familiale, ont aussitôt proposé de me louer sous les toits une chambre de bonne où depuis je découvre ensemble et la liberté et le dénuement. Un homme aux traits presque féminins, ce Mora. Peau glabre cuivrée, nez aquilin, tempes blanches, grand élégant mince cultivé, le neveu de Lola Mora, la célèbre sculptrice argentine, la protégée du président Julio Argentino Roca. Le geste précieux, la voix tout emmiellée dans un accent chaud et doux. Dans les yeux une sorte de bonheur sauvage qui fait oublier son âge, l'opacité de son existence, la futilité probable de son nomadisme mondain, l'arrogance involontaire de son mode de vie artiste, ses périls.

« Il cherche tout le temps de nouveaux modèles, me confie mon amie en souriant avec espièglerie, des jeunes filles surtout dont il s'inspire pour sculpter des statues tout à fait classiques. Pas terribles, je crois. Il réalise les plâtres et les moules ici, dans son atelier parisien, avant paraît-il de les envoyer à un fondeur franc-comtois qui entasse à son tour les bronzes dans une grange que personne ne visite jamais. Mes parents disent qu'il n'expose pas, ne vend rien, vit aux crochets d'une famille généreuse à moitié aristocrate qui possède des milliers de têtes de bétail, quelque part dans la province de Tucumán. »

2

À n'en pas douter, tout à l'heure (cachée derrière un paravent j'imagine la scène en attendant que Mora m'appelle), à n'en pas douter il y aura au commencement une gêne puissante, une confusion néanmoins pleine de curiosité. L'excitation de la nouveauté, le risque, la hardiesse. Tant pis s'il distingue sur ma peau l'empreinte de mon émotion, ma confusion. D'abord il effleurera sans doute la surface rugueuse d'un coude, celle d'un genou puis il s'aventurera vers le cou, la chair plus moelleuse de l'épaule avant qu'il ne se décide enfin à me façonner, ses doigts à me plier, me déployer afin que je ressemble à l'intention secrète qu'il aura en tête, une intention qui se dessinera peu à peu de postures en mouvements, de gestes soigneux en secousses minuscules. Je serai bientôt entre ses mains comme une chimère blanche, docile. Il ne verra plus qu'elle, cette forme rêvée qui prendra vie sous son regard expert. Ma chair deviendra quelque chose comme du plâtre insipide, de la poussière d'albâtre qu'il pétrira avec adresse. Peut-être oubliera-t-il alors la jeune fille gauche qui se rétractera sous ses pressions habiles.

Au fond de moi j'ai peur.

— Mademoiselle…

La voix douce de Mora me tire hors de mes pensées.

J'ai plié mes vêtements, les ai déposés sur une chaise, n'ai gardé que la chevalière de mon père que je porte au majeur de ma main droite, revêtu un peignoir de satin blanc suspendu à l'un des montants du paravent non sans remarquer que le col en était usé. Où sont allées toutes les filles qui se sont déshabillées ici ? Que sont-elles devenues ?

Je m'avance, frissonne, baisse la tête, honteuse malgré moi comme devant un médecin de famille, ne sais quelle attitude adopter, de quel pas évoluer devant lui. À quel moment laisser choir le peignoir ? Se jeter à l'eau, fermer les yeux afin de ne pas voir la surface de l'eau, ne pas mesurer la distance qui me sépare de l'inéluctable. En passant devant Mora je n'ai que le temps d'apercevoir une flamme de veilleuse au fond de son œil, une petite flamme apaisante, paisible même, qui luit au-dessus d'un sourire courtois.

L'atelier est froid. Le parquet me pique les talons. Je me surprends à regarder le plafond, ses renfoncements, pour m'assurer qu'aucun animal n'y niche. Pigeon, moineau, chauve-souris.

— Voulez-vous que je remette du charbon dans le poêle ?

Il ne me regarde pas, n'attend pas de réponse, me désigne un tabouret placé sur une petite estrade au centre de la pièce tandis qu'il prépare ses carnets de croquis, étend de grandes feuilles blanches sur une large écritoire. Sur une sorte d'établi à côté de l'estrade un bloc d'argile est suspendu à une patère à l'aide d'une tige en fer.

L'atelier est vaste, baigné d'une lumière froide. Dans un coin, sous la mezzanine encombrée de bustes, de formes en plâtre, en argile, en cire, sont disposés un canapé, deux fauteuils râpés jusqu'à la trame, une table jonchée de bouteilles, de verres, d'assiettes sales. Sans doute les reliefs d'une fête. Ça me surprend, ce désordre, me déplaît.

— Vous connaissez *La Danaïde* de Rodin ?

— Non.

En entendant le son de ma propre voix, son hésitation mal contenue, je comprends que je ne suis plus tout à fait sûre de moi. Je ne suis plus sûre de grand-chose d'ailleurs. Je m'en veux, suis submergée de désespoir. Tout cela à cause de la guerre qui m'a pris mon père, ma maison, ma ville, à cause des folies de ma mère, surtout des sales mains du Gigolo, ses mains griffues, son haleine de charognard, ses méchants appétits. Je me tends, nerveuse sous le peignoir. Un souffle étranglé.

« Non. »

J'ai l'impression qu'au fond de ma poitrine une poche se vide en produisant un sifflement de chambre à air. Je souris à cette idée, me rappelle les promenades à vélo avec mon père le long de la Loire, le raidillon avant d'atteindre le promontoire du château. Mora me demande de me mettre à genoux sur l'estrade, tronc courbé sur le tabouret, nuque bien dégagée, un bras sous le front.

— Les omoplates ! Je veux voir saillir les omoplates !

Le ton est moins autoritaire que précipité.

— Pardon.

Comme il ne me demande pas d'ôter le peignoir je m'en drape afin que rien de moi ne se découvre sinon la plante de mes pieds, l'envers de mes mollets.

12 mars 1920

1

C'est un jeu. Pour lui c'est comme un jeu, il ne risque rien.

Combien avant moi ?

Un instant j'ai envie de crier de peur et de joie mêlées comme si j'étais à Luna Park sur les montagnes russes, que mon wagonnet atteignait maintenant le sommet de sa trajectoire, augurant ainsi d'une prochaine émotion plus vertigineuse encore. Combien, oui? Mon cœur se serre délicieusement tandis que Mora m'apporte une tasse de café qu'il dépose à mes pieds en effleurant mes chevilles de ses grandes mains avant de s'asseoir près de moi sur l'estrade, dos tourné, droit. Il semble fixer les toits, le ciel, les nuages. Il arrive qu'un bruit sourd vienne parfois rompre le silence de l'atelier – un oiseau attiré par la lumière s'écrase soudain contre l'une des vitres obliques de la verrière, abandonnant dans sa chute une éclaboussure rouge que seules des pluies abondantes parviendront plus tard à effacer.

Je me sens aujourd'hui forte et fragile en même temps, regarde la nuque de Mora, ses cheveux gris-blanc un peu longs qui se recourbent sur le bord du col de chemise, songe à mon enfance, à mon père, à l'étrangeté de mon existence depuis que j'ai quitté l'appartement de Passy. La chambre de bonne, les cours à la Sorbonne, les séances de pose à l'atelier chaque soir de la semaine.

« Vous n'en avez pas fini de me dessiner ? lui demandé-je parfois, vous n'êtes pas lassé ? Vous n'avez toujours pas touché à l'argile. »

Il suffirait peut-être d'un seul mouvement de sa part, plus appuyé que cet effleurement désinvolte des chevilles.

Durant les premières séances Mora est demeuré à distance, en quelques mots m'indiquait oralement ce qu'il attendait de moi, me sollicitait, me déplaçait, me levait, me courbait. Tout en mots. Cependant, très vite, je ne me suis plus vue comme un jouet, une proie, j'étais plutôt *son* modèle, rêvais progressivement de devenir sa muse. Il a d'abord griffonné ma silhouette penchée sur le tabouret, plusieurs fois, plusieurs jours, crayonné des morceaux de moi en s'approchant davantage. Pieds, poignets, visage, cou, jambes, genoux, aussi l'échancrure du peignoir, l'ombre d'un sein, la gorge. J'avais parfois l'impression qu'il me dépeçait en petites tranches, me dévorait à mon insu. En m'amusant de ma naïveté je guettais l'apparition de griffes au bout de ses doigts. J'ai bientôt pu sentir son parfum, son souffle qui frôlait ma peau. Son odeur, une odeur de raisin, de vin chaud me rassurait. Il y a eu enfin ce jour d'octobre, presque un mois après que j'avais commencé de poser pour lui, où il m'a demandé si je voulais bien retirer le peignoir.

« Si vous vous sentez prête, bien sûr », a-t-il dit.

2

Chaque fois qu'elle me rencontre dans l'escalier mon amie m'interroge avec dans la voix un mélange d'inquiétude et d'agitation.

« Alors ? »

Comment lui faire comprendre qu'il fallait d'abord que l'humiliation s'estompe, que disparaisse la sensation dégradante d'un moindre mal, d'un pis-aller (devoir se livrer à des yeux, ceux de Mora, pour éviter d'être livrée à des mains, celles du Gigolo) ?

« Alors ? »

Comment lui exprimer mon émotion à l'instant de faire glisser le satin sur ma peau, d'apparaître nue sans trembler ? Mora savait déjà tout de moi. La carnation, la forme, les creux, les plis, les fossettes, les membres isolés les uns des autres, le détail des oreilles, des coudes, des mains, des doigts, des genoux, des pieds, des chevilles. L'ensemble mais fragmenté. Ce que je lui ai donné à voir ce jour-là n'était qu'un montage, un puzzle reconstitué.

« Ça n'empêche, insiste mon amie, ta poitrine, ton ventre, tes fesses. Moi, je ne pourrais pas. »

Mora me tourne le dos. Pourtant dès qu'il est là près de moi je n'ai plus froid, tout se remet en place. Lui habillé, moi nue ? La différence d'âge ? L'argent qu'il me donne à chaque séance ? Oui, bien sûr. Mais les choses prennent forme. Rien ne m'étonne plus quand bien même il s'agit à chaque fois de formes nouvelles pétries par lui, avec ses doigts, ses paumes d'homme. Il arrive qu'il me prenne par la main, me lève du tabouret où il m'a prosternée afin que je me détende, me dénoue. On converse, s'ouvre, se confie. Il connaît tout Paris, gens influents de la politique, du journalisme, des arts, il me parle de sa tante Lola, l'ascendant qu'elle a eu sur le jeune homme désemparé qu'il était, ses premiers voyages en Italie avec elle, la découverte de la sculpture. Il m'explique de quelle manière Rodin a conçu *La Danaïde* pour *La Porte de l'Enfer* en réponse à la *Porte du Paradis* de Lorenzo Ghiberti qui se trouve exposée au baptistère Saint-Jean de Florence.

— Il lui a finalement préféré *Andromède*, une silhouette qu'on distingue à peine en haut et au centre du vantail droit, une silhouette parmi d'autres, l'une des damnées anonymes. On y retrouve néanmoins l'attirance de Rodin pour l'arc du dos, la tension de la nuque, le dessin bossué des omoplates où semble se blottir comme le souvenir des ailes d'un ange, l'évasement féminin des hanches, maternel, la posture en œuf à la fois obscène et bouleversante, la sensualité de l'offrande comme fondement de la damnation.

Il me montre des esquisses, des croquis. Je ne me reconnais pas, ne distingue que des masses frustres, une impression de déséquilibre entre elles d'où surgit parfois, comme d'un chaos a priori impénétrable, quelque chose d'unique, de vivant, de vibrant. C'est délicieux de l'entendre commenter les arabesques énigmatiques en se disant que c'est de moi qu'il parle. Cet arrondi, cette dépression, cette rotondité. Il passe un doigt sur les galbes, les profils. Je frissonne comme si c'était moi qu'il caressait. Je me sens bien maintenant. J'aime sa passion, son intensité, sa densité, me suis débarrassée de mes appréhensions, ne suis plus guère alarmée par son regard, n'épie plus ses ongles afin de m'assurer qu'aucune griffe n'y pousse, m'estime à présent remise d'aplomb.

Mora rit, me serre le bras.

— Là, Arlette, vous ne voyez rien ? Ce bras replié, ce front, eh bien c'est votre bras, c'est votre front.

— Mais pourquoi voulez-vous reproduire *La Danaïde* de Rodin ?

Il sourit en percevant une certaine déception dans ma voix, soupire, se met debout, marche devant moi comme s'il cherchait à préciser, enrichir ses idées tout en me les expliquant.

— Rodin a choisi de représenter l'une des cinquante Danaïdes, les filles du roi Danaos qui, la veille de leurs noces, ont dû tuer leurs cousins pour ne pas avoir à les épouser. Il n'y en a qu'une qui n'a pas joué le jeu, elle n'a pas assassiné son prétendant, c'est Hypermnestre, c'est elle que je veux sculpter.

— Pourquoi elle ?

— Elle est transgressive, indépendante, elle refuse la règle érigée par son père pour accéder à son propre destin telle Antigone désobéissant à Créon, elle échappe ainsi à la damnation. Un peu comme toi, Arlette.

Les derniers mots ont été murmurés. Le tutoiement est inattendu. De là vient cette sensation de faiblesse qui envahit maintenant mes membres. Je remonte le peignoir sur mes épaules, voilant seins, ventre. Le corps ne se trompe guère. En amont de la conscience il enregistre la moindre menace, le moindre avertissement, puis tout à coup élucide (chair de poule, tremblements des mains, du menton) les émotions minuscules qui accumulées au fil du temps n'attendaient qu'une occasion pour s'affirmer au grand jour.

Je grelotte de peur mais à l'instant où Mora m'attire contre lui c'est l'univers qui s'apaise enfin, se soumet, s'étire voluptueusement, se couche à mes pieds.

13 mars 1921

J'ai un petit sourire réjoui tandis que j'observe Mora qui pose sur moi un regard où je crois distinguer une certaine fierté (sans soupçonner qu'elle puisse être infantilisante, cette fierté, dans les yeux d'un homme de trente ans mon aîné). Je sens que c'est un moment important. Mon indépendance de femme, ma liberté financière sont en jeu. Il y en a eu d'autres, bien sûr, des moments importants depuis que je me suis donnée à lui, que nous vivons ensemble dans l'atelier de la rue Alfred-de-Vigny. Mais aujourd'hui la chance me porte, nous porte tous les deux. Les gestes de Mora sont sûrs, ses mots hardis. Lui qui a l'habitude de travailler seul (à la rigueur avec moi comme modèle silencieux), il est manifeste qu'il apprécie d'être pour une fois devant quelqu'un comme lui, un créateur, à la hauteur de son talent discret, sa force sobre. Cela pour me vanter, me célébrer, me recommander. On dirait que de ses mains sortent des rubans, des galons, qu'ils débordent de lui, de sa bouche, de son corps.

Mora est une fête.

Coco Chanel se lève afin de répondre au téléphone, revient quelques secondes plus tard en allumant une cigarette dont elle engage le filtre dans un court cylindre en nacre, hoche la tête, soupire, sourit sans nous voir.

— Que tous ces gens peuvent être assommants.

Je me dis qu'elle n'a rien entendu, à l'évidence n'a rien écouté. Je me dis que le spectacle est fini. Il était inutile que Mora en fasse autant. D'ailleurs il se tait à présent. Malgré ses longs bras, ses interminables jambes il se recroqueville sur le canapé à côté de moi, une main nerveuse posée sur mon épaule.

— Oui, eh bien, c'est intéressant, tout cela, mais vous ne savez rien du métier, n'est-ce pas ? me demande Coco Chanel, c'est toujours ainsi.

Elle nous contemple en tirant sur son fume-cigarette, les yeux plissés par la fumée, une moue narquoise au coin de la bouche. Je suis sûre qu'elle voit en nous un père et sa fille. Elle a peut-être une pensée pour Étienne Balsan, cet officier de cavalerie qui l'a initiée aux codes, aux usages de la haute société, dont elle s'est fatiguée en quelques mois. Songe-t-elle en m'observant que moi aussi je me lasserai bientôt de Mora ? Les héritiers sont souvent aussi ennuyeux qu'ils sont accomplis, fades à force d'être convenables.

— D'abord, il faut toujours suivre une ligne invisible, une ligne connue de toi seule, commence Coco Chanel, une ligne que nul ne remarque. Sur cette ligne invisible le pied droit doit se placer exactement devant le pied gauche, continue-t-elle, comme si tu marchais sur une corde au-dessus d'un précipice. Tu comprends ?

Mora approuve en buvant une gorgée de ce champagne qu'on vient de nous servir malgré l'heure matinale.

— Elle comprend, elle a fait de la danse.

— Tu dois garder les mains et les bras souples, dit Coco Chanel sans tenir compte de la remarque de Mora, toutefois il ne faut pas qu'ils brimbalent trop autour de toi. Les hanches doivent osciller au rythme du pas, un pas assez long, sans non plus trop tanguer. Tu ne vacilles pas, tu flottes. Tout ça doit être fluide, naturel puis tu avances d'une allure régulière, ni lente ni rapide, en t'efforçant de faire croire que tu es secrètement déterminée, un peu comme un prédateur, tu marches d'un pas élastique, plein d'assurance. Rien ne peut t'empêcher d'avancer, de suivre cette ligne invisible, c'est ce qu'on doit penser en te regardant.

Puis :

— Quel âge as-tu ?

J'hésite, lève les yeux vers elle avec lenteur.

— Dix-huit ans.

— Elle a eu son bac à seize ans, vous savez, elle fait maintenant des études de lettres à la Sorbonne, elle n'est pas seulement jolie, non, ajoute précipitamment Mora, pas seulement jolie.

Il y a dans sa voix comme une douceur triste. Coco Chanel avale la fumée de sa cigarette en penchant la tête.

— Tu peux imaginer s'il le faut qu'un livre est posé sur ta tête pour que ton dos ne fléchisse pas ou encore contraindre ton regard à scruter devant toi sans ciller, sans sourire non plus, donner surtout l'impression que tu es forte, sereine, que tu as confiance en l'avenir qui pour toi coïncide avec le bout de la ligne invisible. Chaque pas est donc une étape. Les orteils touchent le sol en premier puis le talon descend doucement, il ne doit y avoir aucun martèlement, ta démarche doit être coulante. Tu es fine, élégante, mais on doit aussi te sentir audacieuse, courageuse, téméraire même. Le plus difficile, en fait, c'est qu'on te reconnaisse sans te dévisager, que de loin ta silhouette et, davantage encore ton allure, ton maintien, ta prestance, soient uniques.

Coco Chanel nous raccompagne, me serre la main puis celle de Mora qui en retour lui baise les doigts qu'elle retire avec précipitation comme si sa bouche lui brûlait la peau.

— À très bientôt alors, appelle-moi, Arlette, dès que tu te sentiras prête, tu ne me dérangeras pas, je suis toujours là pour les protégées de mon ami Mora. Je compte sur toi.

7 janvier 1925

1

Quand pour la première fois je rencontre Sacha je ne sais rien des affaires réputées nébuleuses de cet homme mystérieux que la rumeur appelle tantôt Alexandre Stavisky tantôt Serge Alexandre. J'ignore encore qu'on dit de lui qu'il est le banquier occulte de la République, financier et spéculateur, bailleur et voleur, qu'il fait et défait les gouvernements en finançant les campagnes électorales des uns et des autres. Une immense fortune, des théâtres, des écuries de courses, des haras…

Une pénombre enfumée envahit la salle du restaurant Le Bacchus où se pressent nombre de fêtards chics qui dînent ici avant de rejoindre quelque cabaret, music-hall du quartier Saint-Georges. Sacha est assis à une table dans un coin. Seul. Les yeux braqués sur moi il m'observe sans se cacher le moins du monde. J'apprendrai plus tard qu'il n'ignore pas que j'ai vingt-quatre ans, suis la compagne d'un sculpteur argentin fortuné beaucoup plus vieux que moi (cet homme élégant bronzé long aux tempes blanches qui me tient le bras, enveloppé dans une cape de velours noir). Sacha sait que je vis dans un luxueux appartement à proximité du parc Monceau, que je suis mannequin. Il s'est informé après m'avoir aperçue une première fois au Poisson d'Or, à Montparnasse, quelques semaines auparavant.

Je me suis récemment fait couper les cheveux à la garçonne comme pour me défaire de ma jeunesse, viens d'être désignée par Coco Chanel pour me produire lors d'un prochain défilé à la Folie d'Artois, au parc de Bagatelle, vêtue de la fameuse Ford, une robe fourreau noire, sans col, qui assure ces jours-ci le succès de la maison de la rue Cambon, fleuron de ce que la presse mondaine dénomme le *genre pauvre.*

Je soutiens un bref instant le regard de Sacha. Le temps est loin déjà où quand le Gigolo me dévisageait ainsi je me sentais clouée sur place telle une fugitive sous la lumière d'un projecteur, éblouie, attirée par la grappe de raisin qui à la tête de mon lit ornait la tapisserie de ma chambre d'adolescente, me libérait des yeux avides qui dardaient dans la pénombre. J'ai le sentiment d'avoir tout connu de la vie en quelques années seulement. Depuis la mort de mon père. Violence, transgression, amour, déception, haine, dégoût de soi, des autres. Déjà, rien ne m'étonne plus sinon les sourires de Jacquot, l'enfant que j'ai eu trois ans plus tôt de Mora, que j'ai confié aux bons soins de ma mère, ma famille. Je me moque de ce que pensent les gens, la surprise consternée de nos amis.

« Mais pourquoi ne pas le garder avec vous ? »

Je n'ai nul besoin de leur approbation ni non plus du consentement navré de Mora, lequel ne soupçonne pas qu'un enfant puisse être comme un poids supplémentaire sur le dos déjà voûté d'un amour fléchissant qui n'attend plus qu'une occasion pour s'effondrer.

« C'est vrai, Arlette, nous pourrions prendre une nourrice à domicile, insiste-t-il parfois, une nurse. »

Un enfant naturel ? Un bâtard comme dit ma mère ? Pourquoi ne suis-je pas attendrie ? Émerveillée, oui, touchée sans doute mais pas attendrie.

Sacha s'est levé, a rejoint le groupe qui s'agite autour de nous, une quinzaine de personnes, des habitués qui se sont précipités afin de nous accueillir à l'instant où on pénétrait dans le restaurant. Chaos des salutations, des hommages. Une main effleure mon épaule. Je me retourne. C'est Sacha. Durant quelques secondes son visage me semble banal. Qui est donc ce petit homme en smoking au physique d'employé de bureau ? Il balbutie des platitudes polies, se dandine, se résout à m'interroger tout à trac à propos de mon métier de mannequin, le monde de la mode, ses exigences. Un timide surmontant son appréhension. Il m'intrigue. Comment se fait-il qu'il en sache autant sur moi ? Est-il un ami de Mora ? Peu à peu sa conversation m'amuse, me touche, me captive même. Sa souplesse courtoise, sa flexibilité, cette espèce d'enthousiasme qui sourd de ses vêtements sans pli, ses sourires francs, tout cela confère à sa présence un charme inattendu. Non, il n'est pas banal. D'ailleurs son parfum est raffiné, ses mains soignées, ses ongles courts et lisses, sa peau entretenue, ses cheveux admirablement coupés. Ses dents sont d'une blancheur immaculée, régulières, que j'aperçois dès qu'il retrousse ses lèvres minces pour rire soudain, tête en arrière, yeux pétillants. Je remarque néanmoins une certaine dissonance entre le haut de son visage et le bas. Si le haut est énergique le bas s'infléchit comme si le menton peinait à se maintenir droit, la peau des joues à demeurer tout à fait ferme. La bouche s'affaisse un peu, se fait rusée. Sa voix est à l'image de son visage, tantôt claire et impérieuse tantôt chuintante et pleine de réticence.

Tandis qu'il me parle, cherche à m'étouffer de mots, m'étourdir de sourires, à m'hypnotiser, quoi, Sacha ne cache pas être pris au piège de ce qu'il appellera mon *rayonnement*. Il ouvre grand ses yeux pleins de passion.

« Ta beauté aristocratique, Arlette, ton allure distinguée. »

Il me dira souvent avoir été tout de suite ému par la limpidité de mes traits.

« Tes yeux de faïence, intelligents, vigilants et froids qui ne vacillent jamais, deux agates irradiant au milieu de l'ovale parfait de ton visage. »

Il me trouve des grâces de statue.

« Un corps élancé, un port de tête altier, des poignets, des mains admirables qui bougent très peu, aux doigts desquelles ne brillent que quelques bijoux discrets, une chevalière d'homme, une réserve des gestes, des mouvements, une évidente maîtrise, rien ne semble en mesure de t'étonner, te contrarier ni non plus te troubler. »

Ce soir-là il est en retour flatté, je crois, par la séduction que j'exerce sur lui, fier d'une certaine manière d'être charmé par moi. Sa rudesse métisse, à la fois Mitteleuropa et faubourienne, une rudesse que ses vêtements coûteux, ses crèmes pour le visage, sa gomina achetée à Rotterdam dans la boutique du barbier Schorem ne parviennent pas à effacer (surtout quand on lui oppose la distinction raffinée de Mora), cette rudesse fait de moi par contraste une sorte d'ambition, comme si j'avais à présent pour lui les vertus d'un miroir magique qui l'embellissait, l'ennoblissait en le réfléchissant. Je deviens au fil de la soirée beaucoup plus qu'une jolie femme rencontrée dans un restaurant à la mode, je deviens quelque chose comme l'incarnation possible d'un idéal qu'il pensait insaisissable. Je suis tout ce qu'il n'est pas, imagine-t-il, dispose de tout ce dont il est dépourvu, grâce, race, classe, ce que son pouvoir florissant, sa fortune grandissante ne lui permettront jamais d'acquérir.

Sauf justement en possédant qui les possède.

2

Durant plusieurs semaines nous nous croisons, nous cherchons, nous perdons, nous retrouvons.

Sacha se fond dans le groupe de nos amis, y trouve matière à monter quelques affaires, devient le familier de Mora auquel, outre la compagne, il envie l'entregent, les relations illustres, les cercles aristocrates que lui ouvre sa naissance. Ce dernier lui annonce un jour qu'il va devoir se rendre à Londres durant une semaine.

— Une foire d'art moderne à la Dulwich Picture Gallery. Ça rase Arlette, il y a ce dîner chez la duchesse de Gramont auquel elle veut absolument se rendre. Vous ne voudriez pas l'y accompagner, Sacha ?

Deux semaines plus tard, dans la voiture, un premier geste furtif. Prolonger l'instant, l'étirer. Nous y pensons tous les deux.

— Je vous raccompagne ?

En allumant le moteur Sacha me dit qu'il a remarqué que malgré ses encouragements je n'ai pas touché un seul des plats que des domestiques en livrée nous servaient avec force componction. Nous rions ensemble en évoquant perruques et redingotes.

— J'ai quant à moi abusé du champagne.

Il se rappelle que durant le dîner je posais parfois sur lui un regard paisible qui venait contredire l'intuition qu'il avait d'une nervosité contenue m'empêchant de profiter de l'instant, la chère raffinée, les grands crus. La voiture s'engage dans le boulevard de Courcelles, ralentit au carrefour de la rue Alfred-de-Vigny, s'arrête devant un hôtel particulier que surmonte une immense fenêtre d'atelier. Sacha se précipite. Sa main sur la portière de la voiture.

— Je vous accompagne ?

Rien de commun avec un roucoulement, une invitation enjôleuse. Plutôt un dialogue chaleureux, une transaction habile en quelque sorte entre gens de bonne compagnie.

— Oui, jusqu'à la porte, s'il vous plaît.

Il ne suffit que d'un second geste de Sacha, retenu. Il m'effleure à peine, tout à coup retire sa main et la retirant insiste sur ce qu'il vient de s'interdire. Une caresse à rebours, par en dessous, stérile mais qui, pleine de promesses, permet néanmoins d'ouvrir la porte. Toutes les portes.

En quelques jours à peine Sacha déblaie tout devant lui, devant nous, défriche, force tous les chemins. Conquérant, sûr de lui.

Pour lui plaire je deviens malgré moi aussi souple, aussi docile qu'on peut l'être dans les bras d'un excellent danseur.

12 mai 1925

1

Je n'en demande pas tant, me dis que c'est peut-être trop, cette vie qui vient, revient en vagues de plus en plus fortes, intenses, riches.

J'observe (tantôt de l'intérieur tantôt de l'extérieur) les liens qui depuis quatre mois se tissent entre Sacha et moi, les sentiments qui se fortifient dans la dissimulation, la clandestinité amoureuse, les émotions nouvelles, inattendues, la découverte de ce dont j'ignorais jusqu'à l'existence mais qu'il m'arrivait parfois de convoiter, en toute inconscience et sans en anticiper jamais la vigueur merveilleuse, dans la proximité conjugale de Mora, son assiduité brouillonne, insoucieuse la plupart du temps.

Et maintenant, revers caustique de la médaille, il me faut vivre avec la duperie quotidienne, du lever au coucher, hypertrophiée jusqu'à l'humiliation par la perversité involontaire du théâtre mondain, cette espèce de mise en scène à laquelle Mora et moi cédions de bonne grâce quand elle représentait fidèlement ce qui l'inspirait, le spectacle du couple élu par les dieux, sûr de sa beauté, de son destin radieux, épris de lui-même, épanoui dans les dîners, les réceptions. Cette mise en scène est désormais décalée, d'autant plus traître à la réalité des choses que si la tendresse instinctive de mes gestes à l'endroit de Mora émouvait souvent (en étonnant discrètement ceux qui la surprenaient), on serait à présent bien avisé de s'en inquiéter. Rien ne ressemble davantage à la caresse frivole d'une maîtresse qu'un geste secret de consolation voire de pitié.

Au début de notre liaison, cinq ans plus tôt, les amis de Mora se sont paraît-il félicités que le jouisseur notoire qu'il était jusque-là soit enfin habité par une passion raisonnable (j'étais jeune mais pas écervelée) mais voilà que cette passion autrefois sage se débauche maintenant au contact de ma froideur. Moins je suis sensible aux sollicitations de Mora plus il semble désireux d'en compenser la maigre intensité par le nombre. Cercle *vicieux.*

Pourtant quoi de plus illusoire aujourd'hui que la célébration de ma jeunesse émue par la générosité de Mora, magnifiée par ses attentions, ses égards, sa noblesse dans l'amour ? Je m'en veux de mon indulgence pour la séduction que je continue malgré tout de déployer devant lui, une séduction à laquelle il feint tout à la fois de ne pas pouvoir résister et de ne pas savoir qu'elle est la récompense entendue de l'aisance que m'apporte sa fortune. Je me reproche de respecter sournoisement les clauses de cette sorte d'arrangement bourgeois par lequel il a voulu me faire croire que l'amour n'était que cela, une transaction tendre entre deux solitudes avec bien sûr son lot de sacrifices, de compromis.

2

L'âge de Mora, son usure inévitable, sa débauche châtiée me sont brusquement apparus à son retour de Londres comme si Sacha m'avait aidée à arracher de son visage ridé, épuisé, le masque lisse, doux que ma volonté d'échapper au Gigolo y avait apposé malgré moi.

Mora était allongé sur le canapé de l'atelier, un verre de whisky à la main, ses valises posées dans l'entrée, il m'interrogeait à propos du dîner chez les Gramont, les convives, les ragots, la rumeur de la ville. Le frôlement de ses yeux confiants m'apprenait le prix du mensonge. J'ai tout de suite compris que ce prix était si élevé (parce que même essoré par le temps Mora demeurait drôle charmant distingué) qu'il me faudrait élaborer un ressentiment diablement consistant pour envisager de le décevoir.

C'était comme un calcul triste.

Mora avait certes rétréci, vieilli en quelques heures mais ce n'était pas assez. La fatigue, le voyage. J'ai eu envie de le secouer, me donner une dernière chance de ne pas le désespérer. J'ai prononcé le nom de Sacha. Un jeu, c'était un jeu. Il a bu une gorgée de whisky, s'est redressé, le sourire tout encombré d'ironie.

« Ah, ce brave Sacha, avec son physique de muletier des Balkans, il devait être ravi de t'accompagner chez les sang bleu. »

J'ai sursauté. Le mensonge me rendait nerveuse, vulnérable. Je n'en avais pas l'habitude. Mora me scrutait de ses yeux fatigués.

« J'espère qu'il n'en a pas profité pour vendre sa camelote. »

Sa camelote ? Le mépris de Mora était sincère, celui d'un homme qui n'avait jamais eu à travailler pour survivre, avait pu se contenter durant des années de déshabiller des jeunes filles au prétexte de les sculpter avant parfois de les séduire tout en percevant régulièrement les dividendes du patrimoine familial pour les entretenir. Sa camelote ? Je me souvenais de la moue enfantine de Sacha lorsque la nuit précédente il avait mentionné ses *affaires* au détour de la conversation. Des affaires il est vrai aussi secrètes que ses amitiés, ses amours passées, dont il ne m'avait parlé que pour railler ceux qui colportaient de méchants bruits à leur propos. Fraudeur, voleur, escroc, des accusations fantaisistes qu'il mettait sur le compte de la haine que provoquait l'insupportable combinaison de sa fortune et de ses origines étrangères.

« Ici, un métèque doit être pauvre pour qu'on s'en accommode. Riche, c'est forcément un aventurier, un gangster. »

Je voulais croire à présent que sa gentillesse, sa délicatesse, son savoir-vivre démentaient ces méchants bruits. Je n'imaginais pas un instant que les voyous sachent se montrer spirituels avec les lettrés, tendres avec les femmes et obligeants avec les humbles au point d'en paraître maniérés, presque ridicules. C'était un sale procès qu'on lui faisait, Mora comme les autres malgré sa courtoisie légendaire.

« La duchesse de Gramont a dû le trouver exotique, non ? »

J'ai soudain eu l'impression que Mora me dévisageait, qu'il prospectait à la surface de ma peau, cherchait un signe.

3

Sacha voue un culte obsessionnel au secret, un culte néanmoins paradoxal puisqu'il n'aime rien tant que paraître dans les cocktails, les lieux à la mode, fréquenter les salons, les expositions. Il est un peu comme ces grands timides qui deviennent comédiens afin de soigner leur maladresse. La scène en remède. Revenu dans les coulisses il retrouve son goût du secret comme le comédien sa gaucherie. Pudeur ou dissimulation ? Il ne me dit rien de ses activités bien sûr mais rien non plus de son histoire intime, sa famille, ses parents. Délicatesse ou précaution ?

S'il adore l'ombre feutrée des chambres d'hôtel, le Royal Monceau près de chez moi, le Claridge où il a visiblement ses habitudes, où nous nous réfugions en prenant garde d'y pénétrer et d'en sortir chacun son côté, il savoure tout autant le mystère, passablement vulgaire, des restaurants louches de la Villette et de la Chapelle.

— Ils sont si louches, dit-il en riant, que celui qui nous y surprendrait serait trop honteux d'avoir à avouer où il nous a vus pour avouer qu'il nous y a vus.

Il me fait découvrir les cabarets interlopes du quartier des Halles, est fier de s'afficher avec moi devant les forts impressionnés et graveleux, les jeunes portefaix émerveillés par ma silhouette, mes vêtements chics, et m'entraîne aussi bien dans les églises pour m'embrasser à l'abri des confessionnaux.

Il déteste le soleil, le blanc, la clarté, leur préfère la pluie, le brouillard, l'opacité.

Je suis néanmoins fatiguée déjà de cette existence dérobée, les contraintes qui aiguisent le désir jusqu'à le transformer en douleur, la prudence permanente, la double vie, souffre de la sensation d'entre-deux, d'irrésolution qui sans doute est celle de tout adultère (bien que je ne sois pas mariée avec Mora). En regagnant les bras de Mora je me demande souvent si je ne suis pas là plus infidèle qu'en plongeant dans ceux de Sacha. Qui en effet trahit-on le plus, l'amant amoureux ou le conjoint qu'on a cessé d'aimer ? Je sais qu'il me faut contenir ce jaillissement de vie, ce trop-plein de sensations. L'amour naissant n'est-il pas un peu comme une thérapie, avec ses effets secondaires, tremblements, souffrances, malaises, vertiges ? Je me sens en conséquence aussi fragile qu'une jeune convalescente quand les médecins retardent à chaque consultation la date de sa sortie de l'hôpital, aussi impatiente qu'il est possible d'être enfin sauvée, non pas guérie (grands dieux, non) mais sur pied, debout, vivante.

14 juillet 1925

— Mora n'est pas là, profitons-en, une nuit entière à nous.

Au retour d'une fête chez Maxim's, rue Royale, je convaincs Sacha de prendre une chambre au Crillon. Sacha est sombre, il vient de perdre beaucoup d'argent. Des investisseurs se sont rebellés qu'il a fallu rembourser plus tôt que prévu. Chemise ouverte sur une poitrine glabre il s'approche de la fenêtre, en écarte les rideaux afin de mieux distinguer la place de la Concorde qui brille sous une pluie fine. Une chair de femme ou d'enfant. Les phares des voitures, des autobus, la lumière bleue des lampadaires mitonnent ensemble une espèce de pâte phosphorescente qui toupille autour de l'obélisque de Louxor comme des bulles de savon dans le siphon d'un lavabo. On dirait qu'un gigantesque battoir la brasse, cette pâte, qu'il veut qu'elle lève, gonfle dans la brume mais elle finit toujours par retomber, s'écouler molle et liquide en direction de la rive gauche pour aller se déverser dans les fosses du palais Bourbon.

— S'il arrive que Paris ait une convulsion, murmure Sacha, s'il arrive qu'un tremblement de terre disloque la ville, tout s'effondrera autour de nous sauf cet espace nu, minéral, sommaire.

Je le trouve théâtral mais touchant.

Malgré ma jeunesse j'ai déjà vécu quelques épreuves, revers de fortune, coups du sort. La mort de mon père, l'exil à Paris, l'insistance du Gigolo, une grossesse accidentelle, l'amour froid. Il ne faut jamais désespérer, les nuits obscures sont brèves, le soleil finit toujours par se lever. Je veux partager avec lui cet instant de mélancolie.

— Moi aussi parfois, au petit jour, quand ma bouche et mon ventre sont pâteux encore…

Sacha distingue l'allusion à Mora dont je ne suis pas encore séparée. La double vie qui est la mienne depuis que nous sommes amants.

Je songe à mon père.

Ni Mora ni Sacha ne sont de ceux qu'il aurait sans doute souhaité voir à mes côtés afin de m'accompagner dans la vie, me soutenir quand il ne serait plus là. Un artiste argentin, un spéculateur juif. J'en fréquente pourtant des individus respectables, bien mis à la lumière, distingués le jour, chapeau, gants beurre frais, de ces bourgeois très convenables que je croise lors des défilés de la maison Chanel, sur les champs de courses, dans les restaurants huppés, les cabarets où m'entraîne Mora, dont je sais qu'au fil des heures ils ravauderont leur face cireuse dans l'espoir d'aérer avec moi une vitalité aussi sournoise que débordante. Des industriels, des magistrats, des banquiers, des héritiers. Je les jauge à l'instinct, leurs mains moites et cependant griffues, leurs manières, leur façon de me saluer en peinant à domestiquer leurs regards convoiteux attirés par ma silhouette, ma gravité, mes yeux d'un sang-froid plein de promesses. Je connais la couleur de leur chair de blondin catholique, uniforme, aussi verte qu'un billet de banque. Ni Mora ni Sacha ne sont comme eux, non. L'un et l'autre, le premier dense et long, le second râblé tel un forain mais les deux toujours soignés, coquets, tout en attentions délicates, en empressements feutrés. Des idéalistes égarés dans les rues du faubourg Saint-Germain, musardant comme des chiens bâtards dans un chenil de lévriers, l'un trop bronzé, l'autre trop canaille, les deux beaucoup trop étrangers pour les lévriers indigènes. Leurs fortunes respectives ne changent rien à l'affaire.

J'entoure Sacha de mes bras, appuie la tête contre sa poitrine, me serre contre lui. Sa bouche sent le raisin chaud, le vin, le désir. Je lui confie que je suis comme lui. En l'écoutant c'est moi que j'entends. Je veux vivre hors des règles, de la mesquinerie des petites gens, leur exiguïté moelleuse, courir le risque, tenter ma chance. C'est le goût cru d'une liberté dont j'ai toujours été privée, même avec Mora, qui m'enivre, me fait perdre la tête. Il n'y a plus à hésiter.

Sacha est seul en cet instant, il poursuit, aussi grisé que moi (mais lui c'est sa propre désespérance qui l'étourdit).

— Le bonheur n'est-il pas fluide, trop fluide ? s'interroge-t-il. Vivre vite ?

En croisant mes yeux délurés (« Tes beaux yeux moussus comme des pierres de sous-bois ») il se dit qu'à force de vouloir tailler dans le vif d'une réalité qui lui échappera toujours (un Juif ukrainien...) il va finir par émousser le scalpel. Et ça peut faire des dégâts, un scalpel ébréché, des cicatrices pas trop nettes, baveuses dans les coins.

— Je voulais écouter le chant du monde, je n'entendrai bientôt plus que le cri des rapaces. À force de vivre dans les poils de la République tel un pou dans une chevelure épaisse, je manque d'air ! Je ne possède que du vent, tu sais ! Les biftons, du vent ! Les actions, du vent ! Les villas, du vent ! Les voitures de marque, encore du vent ! Posséder le provisoire n'étanche pas la soif d'éternité. Un dieu, un champ ! Tu connais ça, toi. Mais moi il n'est nul dieu auprès de qui je pourrais confesser mes vices, nul champ pour fleurir sous mes semelles, rien que de l'avoine dans mes poches et beaucoup de poussière sur mes mains. Je suis si las, Arlette. On veut ma tête quand ma seule véritable fortune c'est justement ma tête, mes plans, mes calculs, mes ruses. Je n'ai rien d'autre, rien d'autre à t'offrir.

Vite, le rassurer, lui répéter que rien ne pourra jamais l'entamer, qu'il est invincible. Un enfant après qu'il est tombé du manège en prenant trop de risques pour décrocher le pompon.

Sacha me repousse doucement, me tient à bout de bras, s'incline enfin.

22 juillet 1926

1

À la Villa des Anges, la maison de Marly-le-Roi que nous occupons depuis quelques semaines, Sacha et moi nous apprêtons à recevoir, en plus de nos proches, des personnalités importantes de la politique, de la finance.

En me préparant dans ma chambre pour le dîner, je passe une main distraite sur la rondeur extrême de mon ventre que recouvre une longue robe blanche. Je trouve que je ressemble à une mariée tandis que je m'observe dans le miroir de la coiffeuse. Encore quelques jours et je serai débarrassée de ce fardeau. La chaise craque sous mon corps lourd lorsque je me lève. Je me promets d'être cette fois-ci une vraie mère, une mère tutélaire, en songeant à Jacquot que je n'ai pas vu depuis longtemps, plusieurs mois. Je le savais d'avance, la famille Simon, réparer la honte, me tenir à distance. Un petit chenapan, ils en ont fait un petit chenapan qui est aux aguets, surveille tout le monde de son œil sombre, le même que celui de son père, le désir en moins. Et cette cousine idiote qui le gâte sans doute, le bourre en cachette afin de s'en faire aimer.

« Qui est ta vraie mère, mon Jacquot ? »

Je l'entends, la commère, comme si j'y étais.

Je crains que Sacha ne flanche ce soir au moment d'allumer un cigare ou de servir un cognac. Le suicide récent de son père (victime collatérale de cette rumeur persistante de malversations diverses, fraudes et délits qui lui colle aux basques depuis des années) l'a d'autant plus affecté qu'il s'en estime entièrement responsable. Je redoute que, la chaleur aidant, une fausse chaleur, il ne se libère, lance aux invités au hasard d'un soliloque appuyé une expression de trop, un jugement trop précis ou une opinion à l'emporte-pièce qui les blesseront profondément, les rendront dangereux sans que Sacha ne le soupçonne le moins du monde. Il m'a parlé ce matin d'une dénonciation, une plainte officielle. Un député qui l'aurait accablé devant la police en l'accusant d'avoir falsifié des chèques, organisé un trafic de drogue, contrôlé un réseau de salles de jeu clandestines, volé des actions à deux agents de change… Il y a comme un étau qui se resserre autour de lui, de nous.

« Ne t'inquiète pas, j'ai pris des dispositions. »

De quelles dispositions s'agit-il ? Nous devons *jouer* le jeu tous les deux, respecter les règles, leurs règles et tout ira bien.

Durant le dîner je m'efforce de ne pas broncher, de ne pas intervenir lorsque je sens que l'ambiance devient lourde. On me regarde alors comme pour amortir les secousses, éteindre les feux, repousser les menaces, on me complimente par avance d'un ton compatissant.

— C'est votre premier ?

Comment leur expliquer? Ces sous-entendus qui m'échappent, ceux que je crois distinguer mais à tort. Il suffit que Sacha colporte une information que tous possèdent et qu'ils s'entendent à ne pas dévoiler ou qu'il refuse de leur en livrer une autre qu'ils s'accordent, sans la connaître, à trouver essentielle. Qu'a-t-il fait pour se retrouver au centre de cette tourmente? Que lui veulent-ils? Ce n'est qu'un jeu, un jeu qui tourne mal. Je ressens sous la ouate des regards mondains comme une sorte de grondement diffus. Est-ce mon ventre qui proteste ainsi? On dirait que les puissants attablés installent ici un ordre nouveau, qu'ils se taisent davantage, se jettent entre eux des coups d'œil où courent des milliers d'insinuations muettes. Sacha et moi sommes comme des importuns, misérables et dissonants qui errent au milieu de leur propre salon sans y avoir été invités. Je ne suis plus chez moi mais chez eux. Parfois la tête me tourne. Malgré mes efforts mes mains tremblent. J'entends mes bagues tinter sur la lame des couteaux, mes ongles carillonner sur les cuillerons d'argent. Je détourne les yeux le plus lentement possible afin que nul ne s'aperçoive de mon malaise. Huit mois et demi.

Je mets un point d'honneur à fixer Sacha, à composer sur mes lèvres un sourire plein d'ignorance mais aussi d'assentiment. Le pauvre Sacha qui telle une chauve-souris croit entendre jusqu'aux ultrasons, se repérer dans le noir, voir à travers les puissants comme à travers une vitre…

« Mes yeux sont des rayons X », dit-il souvent.

Il affirme ainsi que les plus influents, les plus animaux d'entre eux, les chefs de meute, ceux à qui rien ne résiste, eh bien il dit que ceux-là, dès qu'ils m'observent, ils m'imaginent à leurs côtés, rêveuse et comblée. Pour les plus idéalistes c'est dans le manoir familial, pour les plus cyniques dans leur garçonnière. Dans tous les cas ce n'est pas une affaire de pouvoir, de convoitise ou de désir. Plutôt une affaire d'ordre. Ils aiment que les choses soient en ordre. Bien rangées. Ma présence au bras de Sacha les dérange, je le sais. Ce ventre qui est comme le témoignage de notre monstrueuse alliance, de notre alliance contre-nature. Ils ont toujours, la première fois qu'ils me rencontrent, l'air circonspect de ceux qui ne savent pas encore à quoi s'en tenir mais qui déjà s'étonnent. Un air de surprise prudente. Comment ? Cette femme-ci avec cet homme-là ?

« Ils te flairent, ma chérie, ils te reniflent ! »

Je pense que mon éducation, ma discrétion, mon effacement excitent l'obscénité sournoise de leur confusion. Oui, quelque chose en nous ne va pas. Ça amuse Sacha. J'essaie parfois de découvrir si au fond de lui il en est honoré ou inquiet. Lorsque leurs yeux vont de lui à moi, de moi à lui en tâchant de découvrir entre nous des correspondances secrètes qui, réunies, pourraient expliquer la nature de ce qui nous lie, qu'ils n'en trouvent aucune, leurs regards me dégoûtent. Des dispositions ?

Ce soir Sacha est dans une forme éblouissante, en smoking, escarpins Regency de cuir verni aux pieds, rasé de près, parfumé discrètement, élégant. J'imagine que c'est la naissance prochaine de notre enfant qui lui donne cette confiance, ce charme si particulier, cette assurance. Je n'ai d'yeux que pour lui, ignore les autres convives. Il est le père de cet enfant à venir qui me donne des coups dès que je m'agite, il est le prince charmant de *Peau d'Âne*, le grand amour de ma vie, celui que j'attendais depuis la mort de mon père, le sauveur que j'espérais dans ma chambre d'adolescente à Passy tandis que résonnaient dans le couloir les pas hésitants du Gigolo, celui dont j'ai cru un moment distinguer les traits sous ceux vieillissants de Mora.

À la fin du dîner Sacha me chuchote à l'oreille que cette nuit il prendra le large en compagnie d'Henri Hayotte, son jeune secrétaire au visage joufflu comme un ange de la Renaissance.

— On va en Suisse une ou deux semaines, ne t'inquiète pas, le temps qu'à Paris les choses se tassent.

Je ne comprends pas, pose sur lui un regard surpris qui tombe aussitôt sur mon ventre tendu en une sorte d'interrogation muette. Juste avant l'accouchement ? Vraiment ? Cette annonce, la fuite en Suisse, c'est comme la pointe aiguë d'un bourrage qui sortirait brusquement d'un matelas que je croyais moelleux. Ça m'égratigne, m'écorche. Mais non, c'est une hallucination, à la rigueur une mauvaise blague. Déjà, je ne l'ai pas oublié, Mora s'était éloigné de moi quelques jours avant la naissance de Jacques (une affaire urgente à régler à Buenos Aires, une histoire d'héritage, de terres à partager). C'est une hallucination, je n'ai pas bien entendu ce que Sacha vient de me dire. Je suis si fatiguée, si lasse avec ce poids qui me déséquilibre, m'entraîne vers l'avant, me ferait presque chuter si je n'y prenais garde. Je suis surmenée, dois me ressaisir, je n'ai sans doute pas bien compris. Sacha est déjà retourné auprès des invités. Dans le jardin soudain un craquement sec comme une branche qui se brise. Un oiseau qui heurte une fenêtre ? Un coup de feu ? Sacha n'hésite pas, se dresse aussitôt.

— La police !

2

Sacha a couru, monté l'escalier à grandes enjambées, cherché une issue, s'est réfugié dans la salle de bains attenante à la chambre à coucher, en a fermé la porte doucement.

Moins tétanisée que hautaine sous la bourrasque je ne bouge pas tandis que les policiers envahissent le salon en grand nombre, rassemblent les convives dans un coin de la pièce, leur demandent de produire leurs papiers d'identité. Quoique je demeure impassible c'est trop brusque pour moi, trop violent. Mes entrailles se serrent, se contractent, se rétractent. Je ne vais pas accoucher ici tout de même, pas maintenant. Je soutiens mon ventre en rejoignant, claudicante, les invités qui évitent de me regarder, souhaiteraient ne jamais nous avoir connus, moi et ma canaille de compagnon. J'aurais eu besoin d'un peu de temps pour me faire à l'idée, me préparer. Je m'assois sur une chaise que me tend un policier. Je me dis que ces derniers temps, quelques semaines peut-être, au fond de moi je m'en doutais. C'était bien sûr confus mais je pressentais qu'il me faudrait un jour payer pour avoir trahi Mora, abusé de sa délicatesse, de son élégance, payer pour cette vie folle, pleine d'allégresse qui est la mienne depuis un an, ce tourbillon incessant de sensations, d'émotions, d'excès, de désordres, payer encore pour cette passion qui me dévore en me comblant et maintenant pour la promesse attendue d'un enfant, notre enfant.

« Le bonheur n'est pas gratuit, disait mon père, à un moment ou à un autre il faut honorer ses dettes. »

— Il manque quelqu'un, il y a un couvert de plus ! s'exclame un inspecteur qui durant plusieurs minutes compte et recompte les assiettes.

Puis, en désignant les invités :

— Lequel est votre mari, madame ?

Leur dire que nous ne sommes pas mariés ne changerait rien. Je souris sans répondre.

– Stavisky est à l'étage, murmure l'un des invités, on l'a vu s'enfuir quand vous êtes arrivés.

3

Trois jours plus tard, à travers les fenêtres de ma chambre à la clinique de la Villa Molière, à Passy, je regarde les frondaisons battre à l'unisson du vent, une main posée sur le berceau de Claude. Plus loin, sous une gouttière, coincée contre le mur, une larme noire s'agite, bat des ailes. Une hirondelle ? Une chauve-souris ? Un fils, Sacha, tu voulais un fils. Je me demande ce qu'il voit à travers les barreaux de sa cellule à la prison de la Santé. Une façade, sans doute. Briques, pierres. Combien de temps serons-nous séparés ? Quand verra-t-il enfin notre enfant ? J'ai paraît-il sur le visage ces jours-ci un air de surprise heureuse, d'abandon, de grâce attendrie. Malgré les circonstances les mots jaillissent en moi, transparents et légers. Une vie nouvelle ? Depuis la naissance de Claude je n'ai pas pensé une seule fois à Jacquot. Le moindre geste d'affection de Claude, sa bouche qui cherche mon sein, ses mains qui m'agrippent me bouleversent.

Je me sens mère pour la première fois.

20 janvier 1928

1

Il y a, bien sûr, cette sorte de lumière qui émane de lui, éblouissante parfois, presque brutale, un magnétisme fait d'agilité, de finesse qui n'a rien à voir avec ses traits, ses yeux ou sa voix, quelque chose plutôt d'invisible comme un parfum qui se répandrait autour de lui, le charme peut-être, un ascendant naturel lui permettant de brouiller à l'envi l'esprit de ceux qui l'approchent, moi y compris, de les troubler pour mieux les envoûter, les convaincre. Et puis cette capacité à toujours rebondir, surmonter les contraintes, se libérer des entraves, inventer des stratagèmes pour se défaire des fâcheux.

Toutefois je n'y croyais pas. Facile, trop facile, cette histoire de vomissements soudains, de fièvre, de souffrance continue, d'appendicite chronique.

Le juge Decante en charge du dossier de Sacha n'était pas homme à se laisser facilement berner. Dix-huit mois auparavant, la naissance de Claude ne l'avait guère troublé malgré la supplique cauteleuse que Sacha m'avait chargée de lui faire parvenir. *J'espère toutefois que l'intérêt que vous avez bien voulu me témoigner en la circonstance saura peut-être vous suggérer la possibilité de concilier la bonté dont vous avez fait preuve avec vos obligations de magistrat.* Comment imaginer qu'une douleur au ventre surgie de nulle part allait l'impressionner ? Trop gros, trop simple.

Contre toute attente l'artifice a pourtant admirablement fonctionné. Au début du mois de décembre Sacha obtenait d'être envoyé à l'infirmerie de la Santé puis après de nombreux examens, analyses médicales, les médecins affirmaient qu'un abcès particulièrement virulent était cause de ses douleurs, sa fièvre récurrente, il fallait intervenir au plus vite mais les avocats de Sacha, entre autres Félix Chautemps, le frère de Camille Chautemps, l'un des députés radicaux les plus influents de la Chambre, ont refusé qu'il soit opéré sous l'autorité de l'administration pénitentiaire.

« Trop de gens, au ministère de l'Intérieur, à la préfecture de police, ont intérêt à ce qu'il disparaisse. Un mauvais coup de bistouri… »

On en était donc là. Je les écoutais, médusée, pensais à Claude, si petit encore, son avenir, son nom.

Quelques médiations, entremises plus tard à propos desquelles, malgré mes questions, Sacha resterait toujours muet, le directeur de la prison a signé sa mise en liberté provisoire moyennant une caution de cinquante mille francs livrée en espèces dans une lourde valise apportée par Henri Hayotte le jour même de son élargissement sanitaire.

« Il n'y aura pas de procès, madame, je vous le promets, m'a affirmé maître Chautemps, nous avons les moyens d'empêcher qu'il se tienne. »

Ni véritable opprobre, ni humiliation sociale mais cependant la sensation désagréable d'être manipulée par Sacha, ses avocats, Hayotte, une sensation identique à celle que j'ai endurée le jour de son arrestation à Marly-le-Roi, l'impression d'être écartée, corps et âme, transportée, soulevée avec indifférence tel un cadavre livré à des légistes échangeant au-dessus de lui des paroles banales à voix basse.

2

« Tu n'allais tout de même pas réveillonner sans moi une fois encore ? »

Les premiers mots de Sacha à l'instant de me retrouver devant la porte de la Santé, libre enfin après dix-huit mois de détention. Il se rengorgeait dans le froid rude du matin, avait l'air de se contempler lui-même avec une petite moue de contentement. Il avait gagné, oui, c'est cela que disait sa moue. Je souriais du mieux que je pouvais, moins ironique qu'indulgente. Il plissait les paupières pour me regarder, me détailler, avançait, reculait, passait une main caressante le long du col de mon manteau, dans mon cou, ma nuque.

« Arlette… Arlette… »

Il répétait mon prénom de nombreuses fois. On aurait dit qu'il ne se décidait pas à monter dans la voiture de son avocat afin de ne pas s'éloigner de moi.

« Je ne te mérite pas. »

Entre ses mains il a étreint mon visage tiède encore de la nuit proche. Mes lèvres se sont froncées sous la pression de ses doigts, ma bouche s'est arrondie tandis qu'une buée compacte s'en échappait. J'ai cligné des yeux, émue soudain, les ai écarquillés pour mieux le considérer à mon tour. Une seconde, je n'ai eu besoin que d'une seconde pour renoncer, accepter. Tous les dangers ont disparu.

Je n'ai rien oublié de la nuit de la Saint-Sylvestre, trois jours plus tard, une nuit magnifique, joyeuse, insouciante. De Montparnasse à Montmartre, de boîte de nuit en cabaret, de la Lune Rousse aux Deux-Ânes en passant par le théâtre de Dix-Heures, ce ne fut qu'une longue féerie de musique, de danse, de cocktails sous le regard outré de deux policiers blafards qui nous suivaient sans guère se cacher. Par pure provocation, de loin, Sacha levait parfois à leur adresse une coupe de champagne avec dans le poignet une espèce de mouvement souple, plein de dédain, tout le dédain qu'il ressentait pour eux.

« Des fantoches, des figurants ! »

J'étais néanmoins inquiète en regagnant l'hôtel Claridge à l'aube. Était-ce là le comportement d'un homme souffrant qui devait être hospitalisé dès après sa sortie de la Santé ? Et si l'on devait le démasquer, le remettre en prison… Il riait.

« Ce n'est rien tout cela, ne t'inquiète pas, ils sont payés pour perdre leur temps, donner le change, faire semblant de nous surveiller. En haut, on sait bien que je vaux mieux que ça, ils n'ont pas le choix, je les tiens, Arlette, je les tiens tous. »

3

Lorsque je sors de la salle des mariages de la mairie du 8e arrondissement Sacha me chuchote que j'ai sur le visage un air de surprise heureuse, d'abandon, de jeunesse éternelle. Il parle de ma grâce, de ma beauté comme s'il la découvrait, de nous comme si nous venions de nous rencontrer, que la foudre venait de s'abattre sur nous, nous électrisait encore.

— Nous sommes le bonheur, l'espérance.

Ce serait sans doute ridicule si ce n'était sincère. On dirait que les mots se forment en grand désordre dans ses yeux, coulent dans sa bouche n'importe comment, le submergent, l'étouffent. Je les écoute grossir, ces mots, éclore et s'éteindre sans les comprendre ainsi qu'on observe des bulles scintillantes tandis qu'elles montent dans le ciel, l'illuminent avant de s'évanouir mystérieusement sans laisser de traces. C'est joli, tendre.

Je ne peux toutefois me retenir de penser que c'est évanescent. Traître. Il s'en faut pourtant d'un rien (et cela m'amuse d'une certaine façon bien que ce soit cruel) pour que moi aussi je me laisse aller un instant sur les marches de la mairie, guette même la silhouette de mon père dans la foule des invités, son regard encourageant au moment de prendre mon envol, il s'en faut d'un rien pour que m'envahissent l'innocence, la bonté, la fierté qu'on aperçoit souvent dans l'œil des jeunes mariées au bras de leur époux. Mais non, c'est impossible. Les jeux sont faits depuis longtemps, les rôles distribués, les peaux, celle de Sacha comme la mienne, tannées déjà au soleil des circonstances, des événements, des hauts, des bas, revers, succès, chagrins, plaisirs. Mes parents, le Gigolo, Mora, Claude… Rien ne peut empêcher que, au lieu de se concentrer en une seconde de félicité pure, un ravissement limpide, le temps ne se déploie alors des deux côtés de cet instant, le passé, l'avenir, qu'il convoque plutôt ressentiments et angoisses, colères et menaces.

Sacha me dévisage, un peu décontenancé, se retourne sur moi afin de deviner ce qui assombrit ainsi mon regard, tire mes traits, fait ma main trembler dans la sienne.

7 mars 1928

1

Le Poisson d'Or, à Montparnasse, est un cabaret tzigane très en vogue installé dans une cave de la rue Vavin.

Ce soir-là, sur une scène étroite s'agite au son des guitares, des violons, une troupe de danseurs que Sacha envisage de recruter pour l'un des spectacles qu'il produit à l'Empire, le théâtre qu'il vient d'acquérir.

Cependant qu'assise à ses côtés je m'ennuie ferme, j'aperçois un couple qui nous hèle depuis un coin du caveau. Je ne les connais pas. Des amis de Sacha ? La femme est jeune brune mince très fardée, enveloppée dans une sorte de houppelande qui laisse poindre une magnifique épaule couverte de paillettes tandis qu'elle s'incline sur un briquet qu'on lui tend pour allumer sa cigarette. Des yeux trop brillants, fatigués, aux pupilles dilatées. L'homme qui tient le briquet est plus âgé qu'elle, élégant quoique ses gestes soient raides. Un front haut, une peau pâle, une moustache taillée avec soin, des lunettes fumées aux verres épais afin de dissimuler son regard, une expression à la fois autoritaire et sensuelle, vorace même. Il me rappelle ce visage qui certaines nuits apparaissait dans le grain du papier peint de ma chambre, à Passy, un visage répugnant qui surgissait d'une grappe de raisin aux tons fauves. Je me dis que son sourire est glacial. On dirait qu'il s'en écoule une sorte de malice déplaisante. Quand il ôte ses lunettes fumées pour les brandir, les secouer afin de se faire remarquer de Sacha, ses yeux sont pleins d'ironie, une ironie complice, celle d'un notable qu'un autre notable surprend à la porte d'une maison close. Il a tout de suite repéré Sacha, s'approche de nous.

— On ne voit plus que vous, cher ami, partout ! Et votre portrait dans la presse !

Cette voix haut perchée, grinçante. Bras grands ouverts il convie Sacha à sa table sans se soucier de moi.

— Nombre de mes amis, dit-il, et de tous bords, à la Chambre, tous sont unanimes, ils ne tarissent pas d'éloges à votre propos. Le président du Conseil, Raymond Poincaré lui-même…

Sa bouche étroite est brillante de salive comme celle d'un camelot qui bave à force de rugir pour convaincre le chaland. De grands mots, lourds et emphatiques en tombent comme des ondées un soir d'orage. Ça vole autour de lui, se mélange au tumulte du concert manouche.

— La France a besoin de gens comme vous ! Et la banque ! Et l'industrie !

Je les entends rire tous les deux, les vois se congratuler tels deux amis que la vie a trop longtemps séparés.

Subitement l'inspecteur Pierre Bonny m'aperçoit derrière Sacha.

— Mais présentez-moi !

Son empressement est chargé de perplexité.

— Votre épouse ? La rumeur avait donc raison pour une fois !

Bonny s'étonne, feint de jouir de son étonnement. Puis le baisemain ruisselant de perversité, les yeux inquisiteurs sous la gourme lourde des paupières. De loin la femme brune observe son cavalier en souriant. Son regard trouble est inondé de douceur épuisée. Il ne faut pas cinq minutes avant que Bonny se lance :

— Un ancien mannequin, si je ne me trompe pas ?

Nul ne sait à qui s'adresse la question. C'est gourmand et grossier. Un ancien mannequin.

Il me dévisage tranquillement. Tandis que par politesse Sacha s'enquiert de l'opinion de la femme brune qui les a rejoints à propos des danseurs, des musiciens du Poisson d'Or, Bonny penche vers moi sa grosse tête angulaire de serpent, chuchote à mon oreille. Sa bouche effleure mes cheveux.

— La maison Chanel, c'est ça ?

Il y a dans ses mots, ses questions, ses gestes, aussi empressés, maniérés qu'ils soient apparemment, comme un bémol souterrain, une réserve sournoise où perce sa curiosité. Une certaine forme de scepticisme. Se dévoile aussi, à mesure que ses lèvres frôlent mes mèches, l'envie secrète de palper la marchandise, d'oser un mouvement plus précis dans la pénombre. Quelque chose comme l'effleurement d'une chauve-souris dans la nuit, d'une vipère battant en retraite du cœur d'un buisson où l'on a plongé la main. Cette allusion à mon passé de mannequin, ces sous-entendus vulgaires, cette façon brutale de me dépeindre. Un ancien mannequin. Qu'imagine-t-il ? Le regard de Bonny glisse, reglisse, papelard, sur mon corps. Un ancien mannequin.

Les sourires des deux hommes devant moi, leur complicité, leur familiarité, tout paraît maîtrisé, réglé d'avance, hormis le désir fourbe de Bonny de transformer ce jeu mondain en quelque chose de plus furtif. Je suis incommodée par son insistance, contrariée par sa duplicité mais Sacha ne voit rien. Bonny donne l'impression de savoir où il veut en venir. Je pense même que pour mieux tailler ses flèches, prendre le temps de les affûter, il a feint de ne me découvrir qu'après avoir salué Sacha.

2

— J'ai bien connu l'un de vos amis les plus chers, un certain Romualdo Mora, je crois, c'est ça, Romualdo Mora...

Ce qui me surprend le plus c'est la sorte de jouissance que j'éprouve en devinant Pierre Bonny, en devinant sous le déguisement de l'homme du monde un instant égaré dans un cabaret à la mode l'homme de pouvoir qui chaque jour exige sans faire jamais l'effort de mériter, prend sans demander. Il se risque à poser une main sur mon avant-bras, serre mon poignet de ses doigts aux ongles trop longs, ses griffes, comme pour me bousculer en catimini tout en m'épiant du coin de l'œil tandis que j'essaie de demeurer indifférente. Cette évocation de Mora. Je dois lui répondre.

— Mora, dites-vous? Oui, bien sûr! Il est rentré en Argentine, n'est-ce pas?

Je ne mens pas. J'ai entendu dire qu'il avait revendu son atelier de la plaine Monceau, était retourné vivre à Buenos Aires.

— Il ne vous a pas prévenue qu'il partait? s'inquiète Bonny, il n'a pas essayé de voir son fils une dernière fois?

Il me regarde intensément, fixe mon nez poudré, mes yeux qui deviennent plus sombres quand je suis irritée, dont le bleu tourne alors au violet. Je ne peux m'empêcher d'avoir peur. Comment sait-il pour Jacquot? Une image se grave en moi. Quelque chose qui me fait mal, me force, enfle dans ma poitrine. L'image est bientôt d'une grande netteté. Une douleur nouvelle coule dans ma gorge, emplit ma poitrine, me submerge.

En entendant le nom de Mora, Sacha se redresse brusquement, abandonne la femme brune à son indolence engourdie. Une gêne à peine perceptible, un sursaut léger de surprise le font cligner des yeux comme s'il était indisposé par la fumée d'une cigarette. Quel air chagrin tout à coup, quelle moue inquiète. Ce ton sec qu'il prend pour couper court.

— Le sort des étrangers n'est-il pas de retourner un jour ou l'autre là d'où ils viennent? Moi-même…

Je déteste le ton désinvolte qu'emploie Sacha pour parler de Mora. Je ne lui ai jamais caché que mes sentiments pour lui ont eu l'ardeur extrême de l'adolescence, que cet homme délicat, d'une élégance désintéressée jusque dans la rupture, m'a accueillie chez lui spontanément, présenté Coco Chanel, aidée à entreprendre une carrière de mannequin grâce à laquelle j'ai pu durant quelque temps me dire que je ne dépendais de personne, surtout pas d'un homme, fût-il mon compagnon. Cela ne mérite-t-il pas un peu de considération malgré l'ambiguïté originelle de notre relation, notre différence d'âge, la sorte d'emprise pernicieuse qu'il avait sur moi? Retourner d'où il vient ? Ne dirait-on pas ces mots tirés d'un article de *L'Action française*, le journal de Charles Maurras ? Ai-je rêvé ? Est-ce que je ne viens pas de surprendre là, en cet instant précis, un regard fugace qui vaut contrat entre Sacha et l'inspecteur Bonny ? Le pire, oui, l'invraisemblable, il n'y a pas de doute. Je les vois qui se détournent ensemble. Penauds.

— Un jour ou l'autre ? Là d'où tu viens, Sacha ? Moi avec ? Où ça ? En Ukraine, à Slobodka ? En Palestine ?

Et Bonny d'éclater de rire.

— En Palestine !

Une folie dictée par la crainte de me perdre, la jalousie ? Sacha est si anxieux parfois, si impulsif. Ne pas lui en vouloir, interrompre cette méchante douleur qui me mord la poitrine. Les premiers temps il parlait souvent du charme de Mora, ses manières aristocratiques, le *rayonnement* qu'il dégageait, ce fluide indéfinissable qui émanait de ses yeux noirs, son sourire perpétuel. C'était sans doute pour me sonder, évaluer l'intensité de ce qui persistait en moi de mon affection passée. Il lui suffisait de souffler un mot dans la bonne oreille afin d'être aussitôt rassuré. Qu'on expulse Mora, l'emmène loin de moi, de mon fils, le mirage de ma possible nostalgie se dissiperait naturellement. C'était si simple pour lui.

Sacha est devenu ombrageux après avoir compris que j'avais surpris le regard complice qu'ils venaient d'échanger, Bonny et lui. Il m'enlace afin de m'entraîner sur la piste de danse :

— Méfie-toi, Arlette, c'est un puissant, Bonny, un grand manitou de la police politique, un proche des radicaux-socialistes, il est chez lui partout au ministère de l'Intérieur, à la présidence du Conseil, son bras est si long qu'il touche les étoiles, il fait, défait la nuit, le jour.

Je jurerais qu'il a rougi en prononçant cette dernière phrase, tête penchée sur mon épaule. Ou peut-être est-ce un effet des lumières multicolores qui tombent du plafond sur la piste de danse ? Je souhaite lui donner une leçon plutôt que l'apaiser.

— Je ne porte aucun jugement, Sacha, je te pardonne tout par avance, tes trahisons, tes mesquineries, de penser si ça te fait plaisir que Mora n'a été qu'une méchante bouée de sauvetage, un manipulateur pervers en même temps qu'un tout petit caillou jeté dans l'étang de mes amours.

Plus je le nargue tout en sachant qu'il sait que je le nargue, plus je sens monter en moi une excitation douce, celle de me venger, de venger Mora, de venger Jacquot que l'intervention de Sacha auprès de l'inspecteur Bonny a séparé de son père. Je me plais à mentir, exagérer mon indignation à force d'ironie, de sarcasmes pour le plaisir de le sentir défait, honteux.

— Un Juif qui fait expulser un étranger, c'est comme une victime qui aiguiserait la lame de son bourreau, non ?

— Mais de quoi tu parles, Arlette ?

Le mensonge est entre nous comme un courant qui va et vient, nous rapproche, nous sépare, nous rapproche à nouveau. Nous en sentons sur nous la caresse apaisante. Ça nous attendrit de faire semblant, sauver les apparences devant Bonny (à force de feindre il suffit parfois d'un zeste d'insouciance pour ne plus distinguer la réalité du simulacre).

C'est aussi que nous nous aimons au point d'aimer mentir ensemble.

Bientôt, redevenue vulnérable entre les bras de Sacha, je cherche des repères, au fond de moi le sillon du chemin qui aboutit ici, dans ce cabaret tzigane en compagnie de cet inspecteur louche, sa maîtresse cocaïnomane. Parcourir à nouveau le chemin, mon chemin, depuis le début. Refranchir chaque étape, le départ de la maison familiale à Blois, l'arrivée à Paris, les baisers infâmes du Gigolo qui trempaient mes joues, mon cou, dont les assauts pugnaces m'épouvantaient quand je m'efforçais de le repousser sans oser le gifler, la fuite, la rencontre avec Mora, la passion immédiate pour ce sculpteur argentin qui avait trente ans de plus que moi, le scandale déjà, les menaces, la grossesse inattendue, inutile, comme un piège tendu entre lui et moi, lui qui m'avait arrachée des pattes du Gigolo pour s'emparer à son tour de ma jeunesse mais en douceur cette fois, avec amour ou désir (que sais-je ?), un dernier piège avant l'apparition de Sacha, sa flamme pure qui par contraste faisait tout paraître froid, exigu. Une page se tourne. La danse s'éternise. Je me calme. Ma main gravit le bras de Sacha jusqu'à son cou, sa joue tandis qu'il se penche sur moi avec tendresse, que du fond de ses yeux son regard me frôle.

Je me sens aussitôt revivre.

16 mai 1928

Un homme à cheval.

Sacha est immobile au bord d'une allée du bois de Boulogne, il observe un cavalier en uniforme qui passe devant lui. Un jeune officier hussard au képi bleu ciel. De loin la silhouette équestre, puissante (je me tiens quelques mètres en retrait de Sacha avec Claude dans les bras) me rappelle la petite reproduction de la statue vénitienne du condottiere Colleoni qui traînait dans un coin de l'atelier de Mora. Il fait frais en ce matin de printemps. Le soleil peine à traverser les nuages. Le cavalier approche. De longues minutes, les mains enfoncées dans son pardessus Sacha ne le quitte pas des yeux. En retour, agacé, à l'instant de le croiser le hussard lui jette un regard dédaigneux. Il est en haut sur son cheval, bottes rutilantes, Sacha en bas, pieds dans le sable.

J'ai l'impression que ce regard provocateur bouleverse mon mari. De dos Sacha me semble aussi pauvre, chétif qu'un vagabond bien qu'il soit comme toujours richement vêtu. Ses épaules fléchissent, sa nuque se courbe. Il se tasse. Humble ou accablé. Sans voir son visage je sais qu'il s'abandonne à cette volupté coupable que j'ai déjà surprise de nombreuses fois, celle de l'immigrant qui, quelque prospère ou généreux qu'il devienne, n'ignore pas qu'il ne portera jamais l'uniforme avec autant de distinction, n'aura jamais autant de chic que cet officier français plastronnant sur son cheval au milieu d'une allée cavalière du bois de Boulogne un matin de printemps.

Quand je m'approche de Sacha afin de le réconforter je vois briller dans son œil un éclair d'orgueil.

— Un jour viendra, murmure-t-il, un jour viendra où ils se vengeront de l'innocence du capitaine Dreyfus en s'acharnant sur un Juif quelconque qui aura le bon goût, lui, de ne pas être tout à fait innocent !

Ma première pensée est pour la femme d'Alfred Dreyfus. Qui se souciait d'elle lorsque son mari était enfermé sur l'île du Diable ? Qui s'en soucie encore ? Une femme, une mère. Que dire de l'épouse d'un homme déchu ? Qu'elle a déchu, elle aussi, avec lui ?

Je me souviens de ces six mois, juste après la naissance de Claude, durant lesquels je suis demeurée cloîtrée dans la clinique de Passy sans sortir jamais sinon pour quelques pas brefs dans le parc attenant. Sacha était détenu à la Santé. Les regards apitoyés des infirmières, le ton persiflant des médecins. La première visite en prison afin que Sacha découvre son fils. Ses pleurs en saisissant Claude emmitouflé dans ses langes. Des larmes d'émotion, de honte.

« On doit se marier, Arlette, dès que je sors d'ici. »

Pour le meilleur, pour le pire.

Que dire d'une femme d'affairiste ? Qu'il lui faut conserver dans l'adversité cette continuelle perfection, cette espèce de raideur angélique qui seules peuvent la tenir éloignée des scandales, y compris ceux qui d'aventure toucheraient son intimité ? Qu'elle ne doit jamais renoncer au corset qui l'empêche de respirer quand des sanglots l'assaillent ? Crinoline, bustier, corset, tous ces mécanismes pour l'entraver, la dresser, la redresser quand elle flanche. Je songe à Coco Chanel, à toutes celles que la couturière appelait les *esclaves échappées du harem.* J'aimerais retourner rue Cambon, redevenir le modèle impassible sur les formes duquel Coco abandonnait ses mains sèches en les drapant.

Ne plus peser, ne plus compter, être souple jusqu'à l'effondrement, se libérer des présages.

23 décembre 1933

Un groom au physique d'enfant frappe à la porte de la suite 501-504 de l'hôtel Claridge, avenue des Champs-Élysées. Sur le plateau argenté posé en équilibre sur une main gantée, une enveloppe. Une femme de chambre lui ouvre, se saisit de l'enveloppe sans un mot, plisse les yeux en guise de remerciement, referme la porte avec précaution.

Le silence, la paix sont des éléments essentiels au confort des locataires de ce palace parisien où dans les salons de style Belle Époque, fumoirs, cabinets privés, se croisent hommes d'affaires, écrivains célèbres, journalistes en vogue, politiciens, chevaliers d'industrie, jeunes coursiers aux cheveux gominés, femmes du monde (et du monde entier), soubrettes au faciès de paysanne à la nuque ronde comme celle d'un agneau, demi-mondaines en robe du soir dès l'heure du thé maquillées comme des arpenteuses de la rue Saint-Lazare qui tiennent, entre leurs mains où brillent des cabochons de pacotille, de minuscules bichons hargneux qui bondissent vers leurs visages impassibles en lapant l'air à grands coups de langue, bourgeoises altières et vieillissantes au cou desquelles pendent des croix, des médailles de baptême enchevêtrées dans les perles grises d'un sautoir de chez Van Cleef & Arpels. C'est Babel-sur-Seine, le Claridge, une Babel de broquilles, de babioles dorées, une Babel de Crésus ventripotents courbés sur leurs fleuves Pactole comme Narcisse sur son reflet et, rétribuées ou épousées, d'hétaïres fermentées sous la soie, les bijoux respectables.

La femme de chambre s'avance jusqu'à la chambre où je prends mon petit déjeuner.

— Un courrier, madame.

— Un courrier ? À cette heure-ci ? Approche donc !

En reconnaissant le cachet de la préfecture de police j'espère qu'il s'agit d'un mot du préfet Chiappe, l'empereur de la police parisienne, le spadassin de la droite française, l'ennemi juré de Pierre Bonny qui attend impatiemment son tour pour prendre sa place. Une invitation pour quelque cocktail, dîner officiel ? À moitié étendue sur le lit, un magazine de mode sur les genoux, une tasse de café à la main, je demande à la femme de chambre de décacheter l'enveloppe. L'autre de me tendre aussitôt le bristol où court une écriture nerveuse. Je soupire de dépit en découvrant le message.

— Sacha ?

Je répète en haussant le ton :

— Sacha ! Où diable est mon mari ?

Sacha surgit du salon, les joues rasées de frais. Pantalon noir à fines rayures, taille haute, bas à larges revers sur des derbys bicolores, chemise blanche à col long, épingle dorée sous un gilet cintré du même tissu que le pantalon – un prince au réveil.

— Tu m'as appelé ?

Je regarde mon mari en souriant. Je le trouve magnifique quoique soucieux. Je connais bien cette contracture de la mâchoire qui accentue la minceur de ses lèvres ainsi que la légère déviation de son nez. Il s'assoit à mes côtés sur le lit, me débarrasse de la tasse de café pour me prendre la main. Je songe en observant ses gestes si délicats qu'ils me semblent parfois presque féminins que comme par magie il s'arrange toujours pour avoir ceux que j'attends. Pas de fausses notes, Sacha. Il sait jouer de moi comme un virtuose de son instrument, n'hésite pas. Sa main ne tremble jamais. Il devine mes moindres pensées, les anticipe. À l'évidence ce ne sont pas là les gestes convenus de quelqu'un qui ne s'embarrasserait guère d'émotion, se moquerait d'inventer quelque attention nouvelle afin qu'elle mime, cette fausse attention, l'intensité de ce qu'il prétend ressentir. Ce sont plutôt des mouvements intuitifs destinés à séduire celle à qui ils s'adressent, la séduire encore et toujours, des mouvements de faible amplitude qu'il élabore avec tout le tendre de ses sentiments, voluptueux comme des caresses, qui conquièrent peu à peu mes nerfs, mes muscles, ma volonté. Des gestes d'homme de cœur, d'amoureux sincère, exacts et précieux à la fois.

L'idée m'effleure que cette propension spontanée à la douceur intelligente, au raffinement approprié, est sœur de celle qui dans d'autres domaines, moins privés, lui donne ce surplus d'âme, ce génie grâce à quoi il triomphe toujours, brave la police, les juges, les lois sans jamais se perdre. Une intuition infaillible. Je ne veux rien savoir de précis, seulement imaginer. L'opulence dans la culture bourgeoise c'est comme une maladie génétique, on feint d'ignorer son origine afin de ne pas tourmenter ceux qui en sont porteurs.

— Tu as l'air inquiet, Sacha.

Je lui tends le message du bout des doigts, comme à regret.

— Je crains que ça ne t'apaise pas, c'est Pierre Bonny qui t'écrit.

Sacha me lâche la main, se saisit du bristol, le parcourt très vite, le laisse tomber sur le lit avec négligence, se lève.

— Je dois partir, Arlette, je vais à la gare, j'attraperai bien un train avant la nuit.

Une intuition infaillible, un sang-froid à toute épreuve. D'une voix douce, à destination de la femme de chambre :

— Prépare-moi un bagage léger, un sac de voyage fera l'affaire !

De quelle gare parle-t-il et pour aller où ?

Je suis contrariée mais ne pose aucune question. Dans deux jours c'est Noël. Les cadeaux pour les enfants sont déjà prêts, cachés dans un placard à La Celle-Saint-Cloud. J'ai invité la terre entière, des cousins, de proches amis. Où sera-t-il alors ? Avec qui ? Je me redresse, regonfle derrière moi les oreillers d'une main impatiente.

Dix minutes plus tard la porte de la suite claque.

24 décembre 1933

Dans la nuit, juste après Vaires, à vingt-cinq kilomètres de Paris, un omnibus rejoint à faible allure son garage sur l'évitement de Pomponne. Les damiers sont clos pour le laisser évoluer sur la voie. Le sémaphore est muet. Un premier train parti avec beaucoup de retard de la gare de l'Est à destination de Nancy ralentit en approchant de l'échangeur de Lagny puis stoppe en crachouillant des fumerolles bouillantes. Quand son chauffeur se décide enfin à repartir, un autre express surgit soudain des ténèbres, la gueule de sa locomotive largement ouverte sur la nuit. Le second percute le premier de plein fouet. Quatre wagons sont anéantis, les corps disloqués par le choc, projetés à l'entour tandis qu'une gigantesque gerbe de feu et de métal se lève dans le ciel. Deux cents morts. Dans la bouche des blessés, des survivants, les mots se gonflent d'une force mystérieuse.

« Ça recommence ! Le feu ! Le bruit ! La mort ! Ça recommence ! À quelques heures de Noël ! Où Dieu a-t-Il la tête ? »

Vers minuit un homme se présente à Pomponne au volant d'une voiture aux armes de la Sûreté générale. Ses traits sont durs, son visage maigre encadré de bajoues creuses. Il porte des lunettes aux verres fumés, arbore une moustache entretenue avec soin. Il est vêtu d'un long manteau de coupe soignée, d'un

Borsalino et, sous la pelisse ouverte qui lui bat les flancs, d'un trois-pièces sombre. Un mouchoir d'un blanc impeccable hachure sa poche de poitrine. Cet homme d'allure distinguée, d'une main ferme, exhibe une carte officielle aux gardiens de la paix en charge de retenir la foule. Les archers le saluent d'un coup de raquette porté au képi avant de s'effacer en reconnaissant le célèbre inspecteur Bonny qui disparaît alors dans la fumée des débris, au plus près des wagons brisés, des corps morcelés. On le voit bientôt enjamber un chicot de limailles, se pencher sur une première dépouille dont le visage est si anéanti qu'on dirait qu'une fiole d'acide s'est déversée sur lui. Il la retourne, fouille sa veste en lambeaux, en extirpe un portefeuille et du portefeuille des papiers d'identité qu'il examine de près avant de les jeter dans les fougères au bord du talus. Dix fois, peut-être davantage, il se courbe ainsi sur un mort, toujours un homme, lui fait les poches. Enfin il suspend son macabre turbin aux pieds d'un cadavre de taille moyenne aux cheveux bruns, plus encore défiguré que les autres. Il échange ses papiers d'identité avec ceux d'Alexandre Stavisky qu'il retire des goussets de son manteau.

Une heure après être arrivé sur les lieux, Pierre Bonny retourne à sa voiture, s'y engouffre sans avoir adressé la parole à quiconque avant de s'éloigner dans la nuit.

8 janvier 1934

Face à la montagne Alexandre Stavisky s'ennuie.

Il se demande pour la première fois de sa vie si le vent qui l'a poussé si loin n'aurait pas tourné. La défaite n'existe pas, tout renoncement est une impatience, se dit-il pour essayer de se donner du courage, il faut attendre que la chance revienne. Ça ne peut pas s'interrompre ainsi, ce n'est qu'une mauvaise passe, il suffit que je trouve quelques millions. Mais quel est ce bruit ? On dirait qu'on vient de briser une vitre sur la terrasse du chalet. Des semelles crissent sur les morceaux de verre. Ils sont à l'évidence trop nombreux pour que ce soit des promeneurs égarés. Déjà ? Comment ont-ils pu me retrouver aussi vite ?

En se penchant, Stavisky essaie d'apercevoir leurs silhouettes à travers les persiennes. Sans y parvenir. Mais il les entend qui chuchotent. Il songe à sa famille, au visage de sa femme Arlette, à celui de ses enfants, Claude et Michèle, qu'il ne caressera sans doute jamais plus que dans la fadeur anonyme d'un couloir de tribunal ou dessous la morsure blanche des lanternes d'un parloir de prison. Déjà ? Le silence est à présent revenu. Ils ont dû passer de l'autre côté, s'apprêtent sans doute à forcer la porte. Alexandre Stavisky regarde avec insistance, posé sur la table de nuit, un pistolet Browning 6.35 que lui a donné son secrétaire.

Que pourrait-il bien en faire ? Se défendre comme un voyou des fortifs ?

Il distingue des éclats de voix. Les policiers sont entrés dans le chalet, bousculent les meubles, ouvrent les tiroirs, les retournent comme s'ils cherchaient quelque chose. La porte de sa chambre est fermée à clef mais derrière on s'échine à l'ouvrir avec une espèce de grappin. Impossible d'enfoncer quoi que ce soit dans la serrure à cause de la clef fichée dans le cylindre. Il pose la main sur la clef comme pour stimuler sa résistance. On frappe à la porte. Stavisky écoute le souffle du policier qui halète un peu en s'écriant :

– Ouvrez ! Ouvrez !

Un coup de feu éclate suivi du bruit caractéristique, mat et lourd, d'un corps qui s'écroule. Quelques minutes plus tard, depuis la terrasse, un policier enjambe le rebord de la fenêtre dont il a crocheté les volets, pénètre dans la pièce. Stavisky est allongé de tout son long sur un tapis près du lit, il a la tête coincée dans le radiateur, les yeux fermés, les bras le long du corps, du sang plein les narines. Une matière mousseuse rose s'écoule d'un petit trou à la tempe droite, à la lisière de ses cheveux. Des secousses agitent encore ses membres. Il n'est pas tout à fait clair qu'il soit mort.

Le policier attend que ses yeux s'accoutument à l'obscurité, que la vue lui revienne afin d'identifier celui qui tressaille à ses pieds. Mais au fond de lui il n'a aucun doute.

DEUXIÈME PARTIE

10 janvier 1934

1

Je les entends distinctement.

— La voilà ! La voilà ! Là, vous ne la voyez pas ? À la hauteur du dernier wagon. Puisque je vous dis que c'est elle ! La voilà enfin ! Regardez-la ! A-t-on jamais vu ici pareille allure ? Puisque je vous dis que je la reconnais ! Vous n'avez pas lu le journal ? En première page, oui, la photographie. Devant une Hispano-Suiza, je crois, elle posait devant l'Hispano avec un chapeau invraisemblable, des boucles d'oreilles longues comme des sucres d'orge, les épaules nues et malgré cela des gants en plein été qui lui montaient jusqu'aux coudes. Ça m'a frappé, les gants, vous pensez ! Non, lui, il n'était pas sur la photographie. Cannes, oui, il a dit-on racheté le casino, le théâtre, des cinémas, la moitié de la ville, quoi. Mais si, je vous assure, tout le monde le sait !

À Chamonix le soleil est bas encore quand au petit matin je descends du train de Paris. Trop habillée pour l'endroit, trop raffinée pour la neige bourbeuse dans laquelle les talons de mes escarpins s'enfoncent en me déséquilibrant à chaque pas. J'ai froid sous la fourrure de mon manteau mais je sens une chaleur piquante me mordre le visage. C'est que déjà je rougis sous les regards qui me fouillent. Journalistes, gendarmes, curieux. Trop insistant pour moi, tout ça, trop haletant aussi. Les flashs, la rumeur, les éclats de voix. Tout cela qui s'étire devant moi, ces éclairs crus qui clignotent dans la lumière fade. De loin on dirait presque qu'il s'agit des préparatifs d'une fête. Peut-être même que les badauds s'amusent ? Ne semblent-ils pas contents de se retrouver ? N'y a-t-il pas entre eux comme un air de famille, une ressemblance, une complicité ? Il n'y a rien de commun entre eux et moi. La meute, la proie. Je n'ai rien à voir avec eux, non, je suis seule, parfaitement seule.

Hier soir je n'ai pas chancelé en apprenant la nouvelle. Ai-je eu une légère crispation de la bouche devant les policiers ? J'ai toujours su essuyer les coups sans rien montrer, frémir le plus discrètement possible dans le bonheur comme dans l'infortune. Une éducation, une discipline que cette sobriété. Tout coule sur moi comme sur les plumes d'un canard. C'est ce que doivent penser les curieux qui m'observent. « Voilà une femme qui connaît de grandes souffrances ! Ses enfants, que vont-ils devenir ? Elle l'a bien cherché, non ? »

Je hasarde le bout de mon pied sur les dalles limoneuses du quai en espérant que je ne chuterai pas devant tous ces gens venus me scruter. Il ne manquerait plus que je titube sur la neige. Ce n'est pas seulement une question d'amour-propre, de dignité. Je me félicite de la main tiède qui me tient, me retient, de sa discrétion, son ambiguïté. Soutien, entrave ? Quoi qu'il en soit, grâce à cette main je ne leur donnerai pas cela à voir. Nul doute qu'ils savent. Ils n'ont pas besoin d'explications, se sont déjà fait leur propre opinion. Je suis la *veuve de l'escroc.* Je les entends, m'efforce de ne croiser aucun regard.

Un jeune garçon niché contre son père me contemple en suçant son pouce. Il a ce même air de côté, craintif, que mon fils Claude lorsqu'il se demande s'il peut faire confiance à quelqu'un qu'il ne connaît pas. Vraiment ? Cette femme tout en noir, aux traits doux, à l'allure humble, l'épouse de l'ogre, vraiment ? Depuis quand, dans quels contes les ogres convolent-ils avec des princesses ? Je distingue tout. Murmures, rictus, clins d'œil. Je distingue les mouvements involontaires de surprise ou d'embarras qui agitent le corps des badauds malgré eux, les gestes sans ampleur qui demeurent coincés dans les vêtements mais dont je devine l'existence à leurs prolongements minuscules. Main qui tressaille, paupière qui tressaute. Comme moi, l'enfant voit tout. Les frissons qui sous le manteau ne cessent de parcourir mon échine tandis que je passe devant lui, le léger spasme qui par instants bouleverse mon menton. Le gamin veut sourire à la princesse fiévreuse, se ravise, redresse la tête, tend un doigt timide vers moi. Son père s'incline, l'écoute en lui caressant les cheveux, lui répond dans le creux de l'oreille. Que peut-il bien lui dire ?

Nuque courbée, réfugiée sous un manteau de zibeline noire, col de vison, mantille, chapeau de velours gris, je m'avance en hésitant. Je ne quitte pas des yeux le bout de mes pieds. J'ai conscience que la fin de l'histoire est proche, que plus rien ne sera désormais pareil. Mon angoisse se concentre là, sur le bout pointu de mes escarpins, la poudre blanche qui s'y dépose à chaque pas. La sensation de rougeur aux joues ne me quitte pas. D'une certaine manière le châtiment a commencé. Jusqu'où ira-t-il ? Je voudrais me pencher sur mes chaussures souillées, rétablir l'harmonie des choses, d'un élan bref, une rapide chiquenaude, les débarrasser de la poussière neigeuse, faire disparaître la menace qui s'y dissimule. Revenir en arrière. Maintenant je suis à leur merci, me jette dans la fosse aux lions en m'efforçant de traverser l'attroupement sans effleurer personne, me livre aux gendarmes, curieux, journalistes, à ceux qui ne m'ont jamais rencontrée auparavant, ne connaissaient pas davantage Sacha même s'ils pensent en savoir assez sur lui, sur moi, tous nos secrets, l'essentiel de notre intimité, pour nous juger, nous condamner.

2

Heureusement que le bras sur lequel je m'appuie est attentionné, presque gentil. Mais n'est-il pas en réalité plus pressant qu'empressé ? Je ne peux m'empêcher d'avoir un doute. Cet homme a une dégaine de docker ou d'ancien soldat. Ses tempes déjà grisonnent. Il ressemble à ce journaliste, Joseph Kessel, que Sacha était si fier de compter parmi ses amis.

« Mon ami Jef. »

Je me souviens d'avoir rencontré Kessel lors d'un dîner au Claridge donné en l'honneur de l'écrivain Colette. Il avait ce même aplomb, cette solidité rassurante.

L'inspecteur s'appelle Max Dorian. Il ne ressemble pas tout à fait à un policier (son accent aux intonations populaires, sa familiarité brusque, son débraillé bon enfant, ses joues mal rasées, sa chemise défraîchie, ses chaussures au daim élimé, cette espèce de densité animale qui émane de lui). Bourru mais toujours en retrait. On dirait qu'il n'a pas eu le temps de repasser chez lui, qu'il a interrompu sa nuit. Cheveux hirsutes, barbe naissante, cernes bistres. Ne sent-il pas l'alcool ? Quand il a décliné son identité j'ai pensé qu'il devait être d'origine arménienne. Ça m'a rassurée, ce possible exotisme de la naissance. Il était peut-être comme Jef, comme Sacha. Y a-t-il des Juifs dans la police française ? Il doit avoir une quarantaine d'années, l'âge de Sacha environ, de Jef. C'est un beau maussade aux épaules épaisses, aux traits énergiques, carrés, mais son imperméable est affreux. Que dire du bloom mou qui lui tombe sur le front ? Pourquoi ne lâche-t-il jamais cette grosse sacoche en cuir ? Je me demande ce qui peut bien la gonfler ainsi. Une étrange écharpe blanche pend à son cou. Une écharpe de soirée ? Cet inspecteur râblé comme un portefaix, un noceur ? S'il ne paie pas de mine il est en revanche prévenant. Une chance dans mon malheur. Son visage rugueux anguleux volontaire est malgré cela tout moelleux d'indulgence. Je devine que, comme avant lui tant d'autres, il est troublé par mon silence, ma froideur. J'espère que s'il voit en moi l'une de ces créatures sophistiquées qui occupent souvent la première page des magazines de mode, qu'on immortalise dans les allées d'un champ de courses, à la première d'un spectacle ou lors d'un concours d'élégance, il est aussi bien déconcerté par la simplicité de mon chagrin, sa sincérité. Un peu d'or dans la fange.

— Pardon, je voudrais passer.

Dorian tend aussitôt le bras afin d'écarter les importuns, me protéger de leur curiosité, leur impatience. Un objectif d'appareil photographique me vise avec la vigueur menaçante d'un canon de fusil. Plusieurs reporters me harcèlent de questions, me heurtent sans précaution.

Une veuve sobre, et noble, et courageuse.

Sur le quai de la gare de Chamonix, en descendant du train l'inspecteur a eu ce drôle de geste que je n'ai pas compris tout de suite. Il s'est précipité vers moi en écartant le bras droit, m'a encouragée à m'abriter dans les plis de son imperméable, soulager mon tourment, me reposer sur lui, me réfugier quelques secondes encore avant d'affronter la horde, la cohue.

Deux gendarmes m'attendent au bout du quai afin de m'escorter jusqu'à l'hôpital où se trouve la dépouille de Sacha. Je me sépare de l'inspecteur, abandonne la tiédeur de son contact, les suit résignée, monte dans une voiture aux côtés d'un brigadier d'apparence bonhomme lui aussi troublé par ma détresse si j'en juge par son empressement cérémonieux. Derrière la vitre je me blottis vite dans ma zibeline en jetant un regard aveugle sur la cité alpine où se montrent déjà quelques touristes. Je pense à mon avenir, la morne litanie de ces jours désormais inutiles, ces jours sans Sacha, le père, le mari, l'amant des nuits heureuses, à cette vie de douceur, de luxe qui ne reviendra plus, cette lune de miel interrompue dans le sang, l'opprobre.

3

Une seconde, tandis que je pénètre dans la chambre d'hôpital où repose Sacha, allongé sous le drap d'où n'émerge que sa grosse tête enturbannée, une seconde je me sens dans la peau d'un condamné à mort qu'on amène en place de Grève. Je suis Marie-Antoinette, fragile, nue, devant la guillotine au couteau de laquelle goutte encore le sang de son mari. Je distingue, qui fermente sous le visage fermé des médecins, des gendarmes, dans la bouche close des infirmières, la sale rumeur, le méchant écho. « C'est la *veuve de l'escroc.* » Ça leur démange les dents, leur dévore les yeux, les empêche de s'adresser à moi comme de me regarder. Le cœur va me manquer, je le sais d'avance. Je me sens faible sans le secours de l'inspecteur Dorian qui se tient à l'écart, debout dans un coin plus sombre de la pièce, loin de la scène principale – moi, seule, flottante, comme en équilibre instable devant le lit.

Tout est donc perdu. Mais qu'attendais-je ? Une résurrection ? Un miracle ? Pourquoi ne reconnais-je pas Sacha sous les bandages ? Une vague allure de prince arabe avec ce foulard noué sur son crâne. Cette tumeur étrange qui lui déforme la tempe droite comme un fruit qu'on aurait incrusté sous les pansements. Une envie insensée de me saisir de cette cuvette propre, là, sur la table de chevet, y verser de l'eau chaude, y tremper un linge. Pas une minute à perdre. Ne pas frotter trop fort, ne pas appuyer, seulement lui laver les lèvres, la tempe, effacer cette cendre bleue qui lui flétrit la bouche. Je ne sais où poser les yeux, choisis de faire semblant de consulter la montre à mon poignet, évite ainsi de regarder longtemps les traits déformés, la barbe incongrue où du sang rouille encore, les paupières tuméfiées, la tempe enflée sous la gaze.

Je regrette d'avoir raté de mourir avec lui.

Où s'appuyer à l'avenir? Cette masse étendue sous le drap aussi énorme qu'un sarcophage. Il est pourtant mince, Sacha, presque fluet. On dirait qu'ils ont posé un gros sac sur son corps, un sac prêt à craquer dont le poids l'enfonce dans le lit. Si Sacha pouvait bouger le sac crèverait sans doute, laisserait s'écouler sur le sol de la chambre des milliers de mensonges. Des milliers de mensonges? Ne pas penser, surtout ne pas essayer de rassembler les souvenirs, pas encore, ne pas évaluer ce qui aujourd'hui se dissipe ici, ce que je perds en perdant Sacha.

On ne bâtit rien sur des cendres.

Deux hommes, des ouvriers, surgissent soudain dans mon dos. Je ne les ai pas entendus arriver, les regarde sans comprendre. Que font-ils? Ils connaissent leur travail, leurs gestes sont précis, ils déplacent une chaise, écartent une table, me font signe de reculer afin de les laisser passer. Un mouvement sec de la main. Puis ils disparaissent en silence comme s'ils avaient achevé ce pour quoi ils sont venus, comme s'ils avaient accompli une tâche mystérieuse.

Je rejoins Dorian dans le coin sombre où il se tient. Je dois à présent renoncer, me résigner, m'arracher à cela qui m'hypnotise. Je n'ai pas osé avancer la main, effleurer le drap. Je ne peux pas, non, je ne peux pas caresser le visage de Sacha, poser mes lèvres sur ses lèvres une dernière fois.

À travers la mantille j'observe l'inspecteur qui semble assoupi dans la chaleur étouffante de l'hôpital. Quelques gouttes de sueur font briller son front. Il garde les yeux fermés comme s'il priait. Je me demande si Sacha a eu le temps de voir défiler les images saillantes de sa vie. Que sais-je au fond de ce qui l'a marqué ? Nous a-t-il revus tous ensemble ? Les enfants ? A-t-il plutôt pensé à son théâtre, ses sociétés, ses voitures, son écurie de course ? S'est-il rappelé nos virées amoureuses à Deauville, au Touquet, à Biarritz ? S'est-il souvenu des traits tendus de son père, son masque de souffrance tandis qu'on refermait sur lui la bière où il gisait après s'être suicidé ? A-t-il entendu les derniers mots du kaddish ?

Qui donc le récitera pour lui ?

Les deux ouvriers sont revenus, posent un cercueil de bois clair le long du lit, se tiennent debout, ôtent leur casquette qu'ils chiffonnent entre leurs doigts comme s'ils attendaient quelque chose. Un ordre ? Ils s'adressent à Dorian :

— On y va ?

Ils dévissent alors le couvercle, le déposent à côté du cercueil dont l'armature est doublée de zinc. Pas de coussin, pas de linceul où placer le corps meurtri de l'escroc. Je renonce, ne veux pas voir, me détourne. Les deux ouvriers s'approchent du lit, rabattent le drap, se saisissent de Sacha, le font glisser dans le cercueil en soutenant de leurs mains robustes, aussi fermement qu'ils le peuvent, la tête enflée sous les bandages. Je n'ai rien vu, tout s'est passé très vite, quelques secondes à peine. Je les entends maintenant qui fouillent dans ce qui doit être une trousse à outils. Leur souffle, le bruit de la limaille qu'on écarte, des pointes, des tournevis qui s'entrechoquent. Je respire difficilement. Mes jambes flageolent, mes épaules, mes bras frissonnent. L'inspecteur se penche sur moi, m'invite à m'asseoir – il suffit qu'il aille prendre la chaise, là, contre le mur, je n'ai qu'un mot à dire. Il engage une main sous mon coude comme il l'a fait tout à l'heure sur le quai de la gare afin de me soutenir puisque je ne veux pas m'asseoir.

Je sens bientôt sur mes jambes comme l'haleine chaude d'un animal. J'entends une sorte de feulement rauque qui se prolonge en crépitements. J'ouvre les yeux. Que font-ils ? Ici, dans cette chambre d'hôpital ? À quoi peut bien servir cette horrible machine dont le canon incandescent crache une flamme rouge et bleu ? Se rendent-ils compte de la vigueur de cet instrument ? Ils le manipulent sans crainte apparente, avec sûreté. Leur inconscience du danger, l'adresse dont ils font preuve, la maîtrise de leurs gestes parviennent à débarrasser la scène de son incongruité. Dorian me murmure que c'est la procédure qui l'impose dans de telles circonstances. Un fer à souder.

Je m'évanouis à l'instant où l'on ferme le couvercle en zinc du cercueil. Je me laisse partir tandis que Sacha s'éclipse à jamais. Les bruits déroutants dans la torpeur figée de la chambre, le crépitement du fer à souder, le claquement métallique des sutures, l'odeur de brûlé mélangée à celle de l'éther, tout cela a raison de mon courage. Je préfère capituler, lâcher l'affaire, rouler avec Sacha dans les ténèbres. Je n'ai pas le temps de donner une signification particulière à ces bruits qui me torturent, ces odeurs qui m'indisposent, seulement de comprendre qu'ils annoncent ma solitude définitive, mon abandon entre les mains de ceux qui déjà me guettent, ne veulent pas me laisser partir. D'ailleurs les deux gendarmes qui surveillent la porte ne sont-ils pas là pour empêcher ma fuite ? Je m'affaisse le long du mur auquel je suis adossée, m'effondre après que mes jambes se sont dérobées sous moi. Dorian se précipite, me secourt, me ranime. Revenue à moi, la mantille relevée en sorte de mieux respirer je serre la main de l'inspecteur, le dévisage, ne le quitte pas des yeux. Il se tait, se rétracte, s'enfonce en lui-même. Je me relève, époussette mon manteau, replace mon chapeau. Allons, ma fille, un peu de tenue. Je crois me sentir mieux, lâche la main de Dorian afin de me saisir d'un mouchoir dans mon sac. Mes yeux effleurent le cercueil clos. Il n'y a plus rien à faire. Le moment est passé. Dans la chambre ils se rassemblent déjà loin de moi, médecins, infirmiers, ouvriers, se retournent parfois, me biglent le temps bref d'un coup d'œil incrédule, reviennent à leurs conciliabules.

4

Du brouhaha dans le couloir, quelques éclats de voix.

Le médecin-chef se précipite. C'est le juge d'instruction qui vient d'arriver, aussi raide que la justice dans sa pelisse noire bien qu'il soit jeune encore, rond dans son costume à la mode, avec ses gants de pécari, ses cheveux rares, sa face blême, ses joues rasées de frais. Un homme bien astiqué. Le juge ne prend pas la peine de se présenter. Il est accompagné de trois individus à l'allure policière qui jettent un regard ironique sur Dorian, lequel me dira plus tard les avoir déjà croisés dans les couloirs de la Sûreté générale, rue des Saussaies. Le commissaire Charpentier avec un nœud papillon dissimulé sous une grosse écharpe et deux inspecteurs, Le Gall et Girard. Des types de la Ferroviaire, la police des trains. Accessoirement des hommes liges du préfet Chiappe, des monarchistes qui complotent dans les sous-sols du pouvoir en rêvant de marcher sur Paris comme les fascistes italiens ont marché sur Rome. Je devine qu'ils sont venus pour moi. Ils se croient à l'évidence tout permis. Charpentier allume même une cigarette dont il laisse tomber la cendre avec une négligence pleine de morgue. Tout permis. Qu'on leur donne la lune ils voudront le soleil.

Le juge tient une enveloppe dans sa main. Il me la tend sans me regarder. Il préfère m'observer à la dérobée, le grand inquisiteur en costume gratin, petites rayures, larges revers. La rumeur est venue jusqu'à lui. Une femme élégante, racée mais au passé confus. Mannequin, concubine, fille mère, cocotte, demi-mondaine. À son regard épanoui j'imagine ce qu'il pense – « Pas à dire, en revanche, quelle allure ! » Charpentier et ses deux acolytes ont l'œil plus franc – « Comment faisait-il, ce petit Juif ukrainien aux pieds plats, pour séduire son monde ? » se demandent-ils sans doute.

— Je voulais vous la remettre personnellement, madame, elle vous est destinée, s'empresse le juge en s'inclinant, le commissaire Charpentier ici présent l'a trouvée dans les affaires de votre mari au Vieux-Logis, le chalet où il s'était réfugié.

Voix urbaine mais acide. Enveloppe à la russe. S'y trouvent glissées trois enveloppes plus petites adressées l'une à notre fils Claude, l'autre à notre fille Michèle, la dernière à moi. C'est celle-là que j'ouvre en premier, doigts tremblants.

Tu as toujours été le guide de ma vie et c'est pour cette raison que je considère de mon devoir de disparaître.

Mes yeux se brouillent de larmes. Non, non. Rester hors du jeu, afficher le plus longtemps possible un air d'incompréhension, de surprise à peine émue. C'est ça, ils pensent tous, médecins comme policiers, qu'à l'instant de se défiler c'est l'escroc qui écrit à sa complice, que peut-être nous allons échanger là des messages cryptés. Ils pensent que je ne suis que sa créature, qu'il m'a faite, défaite. Cette idée me révulse. Le seul pacte que j'aie jamais conclu avec Sacha était amoureux. Je n'avais pas besoin de lui pour survivre, n'ai pas découvert le luxe, la vie facile avec lui. L'argent n'était rien, l'abondance n'était rien. L'argent est vulgaire. Par bonheur je n'en ai jamais manqué grâce à Mora, à Coco Chanel. L'argent est vulgaire, seule la richesse est gracieuse.

Je songe avec horreur à la jalousie poisseuse que ne manquent pas susciter toujours l'opulence, le succès. Je me rappelle les ragots qu'affectionnait le Tout-Paris. Maîtresses, débauches, perversions. Si les envieux disaient vrai ? Comment Sacha aurait-il pu tromper autant de monde sans jamais me tromper, moi ? Je doute puis réagis. Le diable ne peut pas être aussi sentimental, aussi généreux. *Mon devoir de disparaître.* Le diable n'a aucun devoir, n'est-ce pas ? Seul un mari véritable, un père de famille dévoué se préoccupe ainsi de choses graves à l'instant ultime. *Mon devoir de disparaître.* Je me raidis. Tenir bon, leur offrir un visage lisse, placide.

Le juge aimerait prendre connaissance de la lettre.

— C'est mon droit, dit-il d'un ton intransigeant.

Je tiens la lettre entre mes doigts. Se cacher le visage, se réfugier sous la mantille afin de ne pas voir la moue humide du juge, ne pas entendre sa requête faussement châtiée sous le regard narquois du commissaire Charpentier.

— S'il vous plaît, madame !

Pourquoi Sacha choisit-il quatre fois le verbe *disparaître* afin de m'annoncer son projet ? Alors mourir ? Ambigu comme toujours, un illusionniste, Sacha, un magicien. Aurait-il eu des pudeurs pour moi, les enfants, à l'heure de *disparaître* ? N'y a-t-il pas mille façons de *disparaître* sans pour autant mourir ? Fuir, partir, s'anéantir, s'effacer, s'exiler, se cacher, se volatiliser ? Le Chili, le Venezuela, tout plutôt que le schéol ?

Je m'accroche à la lettre. L'écriture de Sacha, ses mots, ses derniers mots. J'essaie de l'imaginer penché sur le papier, le revolver posé sur la table. Pourquoi cette lettre n'est-elle pas datée ? Je vacille. Une main me broie la poitrine, j'en ai le souffle coupé. Toujours ces variations d'humeur, ces émois brutaux qui me déstabilisent quand je m'y attends le moins.

Une jeune religieuse s'approche de moi.

— Je suis sœur Amélie, c'est moi qui ai veillé votre mari jusqu'à la fin.

Puis, après une vague torsion du buste vers le cercueil, dans un chuchotement qu'elle voudrait inaudible :

— Il n'a pas souffert.

Le commissaire Charpentier l'a entendue, il ne peut retenir un méchant sourire que surprend Dorian. Sœur Amélie m'entraîne, m'accompagne jusqu'à la chaise que l'inspecteur s'était proposé quelques minutes plus tôt de m'apporter. La main de sœur Amélie m'oriente, douce et ferme à la fois. Elle a raison, cette jeune religieuse aux traits bienveillants, devine ma faiblesse. Ne suis-je pas comme elle après tout ? N'ai-je pas la même forme, le même corps, ne suis-je pas aussi seule, aussi destinée, aussi vouée qu'elle ? N'est-ce pas le sort de toutes les femmes (être sous la coupe d'un visage tombé du mur, d'une grappe de raisin ou d'un crucifix) ? Quel était donc le motif du papier peint de sa chambre d'adolescente ? Sur quoi se refermaient ses yeux tandis que l'Esprit saint pénétrait ses pensées ?

J'entends comme un essoufflement derrière moi qui ressemble au sifflement du serpent à l'instant où il vide sa poche de venin. Puis le goût âcre du poison. Je me laisse couler sur la chaise, me ressaisis, croise les jambes malgré moi pour me donner une contenance, tire sur ma jupe, en brosse le tissu du revers de la main comme si j'attendais quelque chose, patientais. Je manipule la chevalière de mon père, la fais pivoter plusieurs fois autour de mon doigt. Sans que je m'en aperçoive l'une de mes jambes se met à s'agiter à la façon d'un bras articulé qui se déplierait, se replierait. Le bras articulé ne veut rien savoir, il se défend, triomphe en moi jusqu'à ballotter l'escarpin au bout de mon pied, révéler le talon. Le mouvement répété se grave dans mon corps, insiste. L'escarpin va finir par tomber sur le sol. Tous les yeux se tournent vers moi – qu'est-ce qui lui prend ? Je vois clair tout à coup. Mon talon sous le bas noir, ce secret arrondi que je voile et exhibe en même temps. Je tends la main, rechausse l'escarpin, appuie sur ma jambe afin de la convaincre de s'immobiliser. Puis je me tasse. Qu'est-ce qui m'arrive ?

Le cercueil est comme un très gros animal allongé à mes pieds. De la cour de l'hôpital montent des bruits de roues qui heurtent les pavés. Une charrette ? Afin de me donner du courage, dissiper l'inconvenance accidentelle de mon talon s'échappant de l'escarpin j'énonce la question qui m'a traversé l'esprit quelques secondes plus tôt mais à voix haute cette fois, une voix hachée par l'émotion :

— Pourquoi cette lettre n'est-elle pas datée ?

Grimaces des uns, murmures des autres.

— Madame, je vous en prie, soyez raisonnable.

— Oui ?

J'attends la réponse du juge. Ça me fait du bien d'être obstinée. Mon regard s'affirme, roule de droite à gauche, n'évite rien ni personne.

« Pourquoi cette lettre n'est-elle pas datée ? »

Dorian s'approche, se tient derrière moi. Protecteur ou solidaire, je ne sais pas. Avec lui dans mon dos je sens que je n'ai rien à craindre. Il est si solide. Une forteresse. Il voudrait lui aussi que le juge réponde.

— Comment voulez-vous que je le sache ? s'énerve ce dernier en triturant ses gants.

L'inspecteur Dorian intervient d'une voix ferme. Il pose une main sur mon épaule, accentue la pression de ses doigts, ressent sans doute la fragilité de ma clavicule. Un frêle oiseau secoué de chagrin, cependant résolu. Il devance mon attente. Les mots s'emmêlent dans sa bouche.

— Peut-être que Madame Stavisky souhaiterait voir l'endroit où son mari s'est réfugié, là où… là où il s'est…

Sa voix s'étrangle. Quel imbécile ! La veille, il n'aurait pas dû se laisser aller. Je lui invente un soir de cocktails, d'alcool, de musique, de plaisir entre les bras d'une jeune femme aux yeux sombres qui se serait jetée dans ses bras, une nuit de plaisir écourtée par ses collègues de la Sûreté générale venus le chercher afin de se rendre *sine die* chez Arlette Stavisky. Tout cela qui lui enlise maintenant l'esprit. Charpentier grimace. Ses deux associés s'agitent. Le commissaire fait un signe négatif de la tête à destination du juge, signe qu'intercepte Dorian.

5

Il n'a pas fallu grand-chose pour que la douleur se réveille dans ma poitrine, plus lancinante qu'auparavant. Que l'inspecteur trébuche sur un mot, s'interdise gauchement de le prononcer, me voilà redevenue aussi démunie qu'en pénétrant ce matin dans cette chambre d'hôpital. Là où Sacha… Comment l'inspecteur a-t-il compris ?

Là où Sacha… Là où Sacha…

Je sais que ce n'est pas de la curiosité, plutôt la nécessité de célébrer sa mort. Une sorte de kaddish intime. Voir le chalet, visiter sa chambre, toucher la table à laquelle il s'est assis afin de m'écrire, contempler ce qu'il a contemplé une dernière fois à travers la fenêtre juste avant de… Oui, j'irai mieux après. Même si nul n'a jusque-là pris la peine de m'expliquer comment c'était arrivé. Pas plus l'inspecteur que ce petit juge désagréable.

Dans le train qui m'amenait à Chamonix je n'ai pas cessé d'y songer. Le passé lointain, les dernières années, c'était impossible d'y penser mais ce passé-là, le passé encore chaud, ça oui, je n'y arrivais que trop. Le bruit cadencé des roues déclenchait ma rêverie, la stimulait en accrochant une image à chaque vibration des essieux. Les images se succédaient dans un apparent chaos sans que je n'aie jamais le temps ni la volonté de les agencer, leur donner assez de cohérence pour qu'elles deviennent intelligibles. Comme si j'avais fait tomber une boîte à chaussures contenant un tas de photographies. Les roues tournaient, tournaient. Je n'avais aucune prise sur les images, ne pouvais néanmoins m'empêcher de les accueillir puis de les sonder. C'était comme se ronger les ongles ou sucer son pouce – une envie irrésistible, coupable et captivante, que le train entretenait de sa cadence. Un lit en fer, une table de nuit, un tapis, une pièce aux murs blancs, Sacha étendu, baignant dans son sang, un lit en fer, une table de nuit, un tapis, une pièce aux murs blancs, Sacha étendu…

Autour de moi quelque chose chancelle. L'insistance maladroite de Dorian, l'inquiétude narquoise de Charpentier, l'hésitation du juge.

Je me rappelle que dès les premiers jours de ma relation avec Sacha, alors que nous n'en étions encore qu'au dévoilement progressif de nos sentiments, nous avions eu chacun de son côté la sensation que nous formions ensemble un petit État indestructible. Nul n'aurait jamais assez de force pour en violer les lois, en franchir les frontières. Quiconque désirerait nous envahir, nous séparer, nous souiller en serait pour ses frais.

— Si vous y tenez, je… je ne peux pas vous le refuser, madame.

Le juge est pâle. Il craint peut-être l'intervention de quelque notable parisien, avocat, magistrat ou homme politique que la révélation post-mortem des malversations de Sacha ne troublerait pas encore. Il se dit sans doute qu'un curriculum vitae prometteur c'est vulnérable, qu'une carrière ça se travaille ? À la Chambre l'écrivain antidreyfusard Léon Daudet, député de la Seine et tribun de l'Action française, n'a-t-il pas accusé Camille Chautemps, le président du Conseil, d'avoir éliminé mon mari pour couvrir l'étrange distraction judiciaire de son beau-frère, le très respecté procureur général Georges Pressard, qui dix-neuf fois a oublié de signer la demande de mandat d'arrêt à l'encontre de Sacha que lui adressaient les services de police ? Le procureur Pressard… Je suis sûre qu'il en frémit, le rond prévôt, grelotte d'angoisse à l'idée que Pressard l'appelle afin de le sermonner.

« Cher ami, on me rapporte que… »

Il ne l'a probablement rencontré qu'une ou deux fois, Pressard. Moi, en revanche, je l'ai suffisamment croisé lors de cocktails à la préfecture de Paris pour me souvenir de sa face parfaite d'honnête homme. Une vie d'honneur en bandoulière, grands-croix de ceci, insignes de cela plein le torse, le saint galure de la Loi sur le crâne, le regard cassant, la mâchoire sévère, un faux air de François Mauriac au sortir de la messe.

Charpentier s'esclaffe.

— C'est donc vous qui ferez le guide, monsieur le juge ?

Le commissaire est furieux. Sans délai il sort de la pièce avec dans son sillage les inspecteurs Le Gall et Girard. Je crois entendre ses pensées. « Qu'elle aille au diable, Arlette Stavisky, cette fausse mondaine qui a voyagé, dehors, dedans, vu bien du pays et bien des paysans ! Il suffit d'observer le coin de sa bouche, de n'être pas dupe de la lassitude bienveillante de son regard, de considérer plutôt l'inconstance de ses traits, tantôt durs tantôt doux selon les situations, les interlocuteurs, leur opportunisme, quoi, pour que se dévoile l'empreinte chronique de son odyssée, une odyssée qui ne trompe d'ailleurs personne. » Charpentier fulmine à destination de ses sbires.

— Une ancienne gigolette de chez Chanel qui ne refusait pas de défiler défeuillée pour peu que le parterre ait acheté ce qui, quelques instants auparavant, la couvrait si élégamment !

Dans la chambre le juge hausse les yeux, le ton :

— Qu'on en finisse ! Qu'on en finisse, c'est mieux pour tout le monde ! insiste-t-il en ordonnant du regard aux deux ouvriers qu'ils se saisissent du cercueil et le descendent dans la cour de l'hôpital où l'attend un fourgon mortuaire. Qu'on en finisse !

6

Devant l'hôpital le corbillard démarre lentement, se dirige vers le cimetière de Chamonix. Deux voitures l'accompagnent, chacune conduite par un gendarme. Je suis installée dans la première avec l'inspecteur Dorian. Dans l'autre le juge, le brigadier de gendarmerie qui m'a accueillie à la gare. D'une voix fragile (je m'en veux de ne pas savoir en maîtriser les chevrotements que je trouve ridicules, pathétiques) je remercie Dorian pour son initiative même si je redoute à présent la visite de ce chalet où Sacha a mis fin à ses jours.

— Comment a-t-il dit que ça s'appelait ? Le Vieux-Logis, n'est-ce pas ?

Je me demande pour quelle raison l'inspecteur ne se sépare jamais de sa sacoche, garde autour du cou cette étrange écharpe de soirée en soie blanche qui de toute évidence n'est pas assez chaude, assez épaisse pour le réchauffer, de surcroît tout à fait désassortie d'avec le reste de ses vêtements. Sans parler de ses joues mal rasées, ses traits fatigués.

Je pense subitement à Jacquot. Que vais-je lui dire ? La même chose qu'à Claude et Michèle ?

Oncle Sacha ne viendra plus, oncle Sacha a été piqué par un serpent, oncle Sacha est mort.

Dans le train qui nous a menés à Chamonix, durant les premiers kilomètres, Dorian me faisait peur, renfrogné qu'il était dans le compartiment sans oser ou vouloir jamais me regarder en face ni m'adresser la parole. Il semblait plutôt absorbé par le paysage terne des banlieues traversées à toute vitesse. Des banlieues qui lui ressemblaient – compactes, sombres. Je me suis dit qu'il était contrarié de devoir m'escorter. Je l'imaginais alors plus hostile que je ne l'avais cru au premier abord, presque aussi hostile et malveillant que ceux qui avec lui m'avaient conduite à la gare de Lyon. Était-il plutôt blasé ou irrité ? Il avait l'air si singulier. Sa mélancolie, cette tristesse grincheuse qui gouttait de ses gestes, de son attitude. Ne pas le brusquer, celui-là, le laisser venir, qu'il ne s'échappe pas. Dans la voiture, assis à côté de moi, sans le regarder je l'interroge.

— Pourra-t-on plus tard ramener mon mari à Paris ? Nous avons un caveau de famille au Père-Lachaise.

Je n'ose lui avouer que Sacha a autrefois acheté cette concession parce qu'il trouvait irrésistible qu'elle soit située juste derrière la tombe d'Édouard Drumont, le célèbre polémiste de *La Libre Parole.* L'antisémite nationaliste et le Juif apatride sous la même terre, en tête à tête. Le dialogue prometteur des incubes ! Il en riait de bon cœur, Sacha, appréciait l'ironie cruelle de la chose. Dorian semble indifférent, ne sait de quelle manière me répondre sans me blesser.

— Inhumation provisoire, c'est une décision du juge.

Il songe sans doute qu'il faudra un jour éplucher à nouveau le cuir, sonder la viande, interroger la vermine. Un frisson me transperce sous la fourrure, je n'entends rien à ces choses, la justice, l'instruction, l'enquête, les rapports légistes.

7

Quinze minutes plus tard le convoi pénètre dans le cimetière de Chamonix.

Aucune issue hors de ce périmètre glacial, ce ciel désormais aussi opaque que la neige est limpide. Dès ce moment tout est là rassemblé entre ces hauts murs austères. Passé, présent, futur. Quelques gerbes fanent au pied d'un monument sur la colonne duquel figurent une vingtaine de noms. Les enfants du pays morts pour la France. Que va-t-il donc se passer ? Une vague d'indignation me soulève, une force inattendue me cabre. Qu'ai-je donc fait après tout ? L'inspecteur Dorian s'approche afin de m'aider à m'extraire de la voiture.

J'ose affronter la scène.

Le rassemblement des employés des pompes funèbres, des gendarmes, du juge. Malgré moi j'apprécie que l'inspecteur remarque du coin de l'œil la finesse de mes jambes, le grain délicat de mes bas noirs, le chic de mes escarpins qui hésitent, se posent lentement sur la neige glacée. Tout en serrant mon sac contre mon flanc je m'efforce de marcher aussi fermement que possible afin de rejoindre ma place près du fourgon, une place qui paraît m'attendre.

On m'évite, se dérobe.

Je ne regarde déjà plus les employés des pompes funèbres qui ouvrent les portes du corbillard, se saisissent du cercueil sous l'œil vigilant du juge qui se tient de l'autre côté en compagnie du brigadier de gendarmerie. Sous la mantille, nuque courbée pour affronter le vent froid qui balaie le lieu je ne fais que deviner leur ballet solennel cependant qu'ils s'inclinent sur le catafalque tels après la battue des chasseurs autour d'une proie. Ils l'encerclent, le retiennent en le dissimulant, à l'unisson inspirent une grande coulée d'air avant de le lever, le porter jusqu'à leurs épaules afin de l'acheminer là où il a été prévu de l'enterrer. Dorian ne me quitte pas des yeux, demeure près de moi en veillant toutefois à se faire oublier. Il a posé sa sacoche par terre. Son visage est grave et étonné à la fois comme si après quelques instants d'inconscience ou de réflexion il revenait peu à peu à lui.

On dirait que les employés des pompes funèbres sont aux aguets. Mais aux aguets de quoi ? Leur face stupide, leurs petits yeux tout luisants de curiosité, pareils à ceux du visage dans la tapisserie de ma chambre, rue de Passy. Le juge, quant à lui, a l'air satisfait. Je me dis qu'il est trop rond pour le rôle. Un mélange d'ardeur empêchée et de satisfaction amollit ses bajoues, lui arrondit le visage qui se noie plus bas dans un goitre qui ne tardera pas à devenir au fil des années aussi flasque que les principes dont il se réclame aujourd'hui.

— Qui va dire le kaddish ?

Ma voix me surprend, là, dans ce cimetière sous la neige. Hier encore tout cela était irréel. Qu'est donc devenue ma voix ? Un mince filet d'eau tiède gouttant de ma bouche comme au bout d'un robinet à moitié bouché. L'inspecteur reprend sa sacoche, se dirige vers le juge, se penche pour lui chuchoter quelques mots à l'oreille. Le juge sourit, hausse les épaules, d'un geste bonasse de la main signifie son ignorance, son désintérêt. Puis en réponse à l'insistance de Dorian il secoue sa grosse tête d'un air agacé. Le bout de sa langue heurte ses dents. Des sifflements exaspérés suintent de sa bouche :

— Tss… Tss… Ne perdons pas de temps.

Le minian de la tradition, les dix hommes nécessaires à la récitation des prières ? Les employés des pompes funèbres, les gendarmes, le juge, l'inspecteur Dorian. Je les compte, les recompte.

En guise de quorum un vieil homme s'avance vers moi, ôte sa casquette sale avec cérémonie. Son visage n'est que plis et creux. Une tête de prophète. Ses yeux sont enfouis dans des orbites humides qui ressemblent à deux terriers après la pluie, deux trous trempés d'où s'échappe un regard bienveillant. Sa chemise est déchirée à la hauteur du cœur. Il ne paraît pas souffrir du froid.

— Le ciel peut bien attendre, explique-t-il, timide, pas la peine de creuser une fosse si c'est pour y remettre un coup de pelle dans quelques semaines !

La main du vieux charognard de se tendre vers le fond du cimetière, là où se profile, écrasé sous la neige, à l'écart des tombes, un modeste cabanon.

— Au bonheur des fossoyeurs ! ajoute-t-il afin de me rassurer. Allez, ne vous en faites pas, il y sera tranquille, M. Tavis'si, Tavisci, c'est là qu'on range les bêches, les palots, les crochets, les cordes. Il sera au chaud !

Tanguant sur la neige ils ne sont plus que trois pour acheminer le cercueil vers le cabanon. Dorian a ôté son chapeau, noué son écharpe, cabré son dos, ses épaules comme il doit le faire lors des processions d'anciens combattants auxquelles il lui arrive peut-être d'assister en hommage à ceux qu'il a connus sous l'uniforme, qui n'ont pas eu comme lui la chance d'en revenir.

Il me confiera plus tard que durant les premières semaines de la guerre, juste après la mobilisation, quand retentissait l'ordre de se mettre au garde-à-vous, naïf il entendait *gare-à-vous.* Il en a vu des obsèques pendant la guerre. Le drapeau sur le catafalque, les salves d'honneur tirées sur les nuages, les traîne-la-guêtre lugubres, les Poilus à la revanche qui pleuraient en écoutant la sonnerie aux morts, s'en voulaient d'être vivants. Ça l'émouvait jusqu'aux larmes, les larmes de ses camarades, plus encore que la cérémonie qui les provoquait. Une détresse étrange comme une énorme déferlante le soulevait puis le laissait retomber.

8

Dans la pièce principale du chalet l'inspecteur Dorian s'entretient maintenant avec le commissaire Charpentier cependant que je patiente dans la voiture garée devant le Vieux-Logis en attendant l'arrivée du juge, retenu à déjeuner par les autorités de la ville.

De mémoire je reconstitue la scène telle que Dorian me l'a racontée le soir même.

Le commissaire se tenait négligemment adossé à un mur. Chevilles croisées, sourire fat, il crânait, toisait Dorian malgré sa haute taille. Il hésitait entre jubilation et dégoût. Il ne guignait pas la gloire, mais qui la refuse ? C'était lui après tout qui avait broché Stavisky, celui que recherchaient toutes les polices, celui qui empêchait la présidence du Conseil de dormir tranquillement. Charpentier s'amusait en observant l'inspecteur. Il voulait lui donner une leçon à ce « baltringue au sourire de catcheur » qui bavait devant moi, la femme de l'escroc, en qui il ne voyait qu'un « loyal clébard de la Sûreté générale ». Tels étaient les termes que Dorian avait surpris dans sa bouche tandis qu'il s'adressait à ses supplétifs, Le Gall et Girard.

« Enfoncer la porte ? Casser une vitre ? On a hésité longtemps, précisait Charpentier en chahutant sa pipe sur la semelle de ses chaussures. Il était environ 15 heures quand on s'est résolus à briser une vitre. Stavisky nous a entendus, impossible autrement. Je suis sûr qu'il frissonnait d'effroi, l'arsouille. C'est peut-être à ce moment-là qu'il a regardé avec insistance, posé sur la table de nuit, son 6.35, et qu'il a pris sa décision. On ne saura jamais. Nous on est entrés aussitôt, on a bousculé les meubles, ouvert les tiroirs, on a fait du bruit, quoi. Il y avait une pièce fermée à clef. Celle-là... »

Dorian s'est approché de la porte que lui désignait le commissaire.

« Celle-là ? Et les scellés ? — Pas eu le temps, répondait laconiquement Charpentier, pour quoi faire, des scellés ? »

Sans se soucier de l'air étonné de l'inspecteur, Charpentier reprenait son récit en allumant sa pipe :

« Le Gall ne parvenait même pas à enfoncer le crochet dans la serrure alors je me suis énervé, c'est vrai, ça m'énervait cette porte close, j'ai frappé dessus jusqu'à ce qu'une voix s'élève, une petite voix effrayée. — Qui est là ? J'ai reculé d'un pas. Ouvrez ! j'ai dit. Une seconde plus tard il y a eu un coup de feu. J'ai immédiatement ordonné aux gendarmes de retourner sur la terrasse, de forcer l'un des volets, de briser une nouvelle vitre pour ouvrir cette fois-ci la fenêtre de la pièce d'où était provenue la détonation. Je leur ai dit de m'attendre pour entrer. »

Charpentier tirait peut-être une bouffée de sa pipe.

« Voilà, c'est à peu près tout. Enfin, non, l'inspecteur Le Gall s'est ensuite faufilé dans mon dos, il a visé illico la scène et il a plongé sans réfléchir sur la main gauche de Stavisky afin de lui arracher le pistolet. »

Charpentier a souri.

« Le Gall a cru voir dans les mouvements nerveux de ses doigts sur la détente le désir désespéré de m'envoyer du plomb dans le nez. »

Charpentier a soupiré.

« Il m'a peut-être sauvé la vie, Le Gall. »

Charpentier devait détester l'air insolent de Dorian, faussement captivé. Il pensait : « Dorian, ce flic sans envergure, douteux, revenu de tout, de tous, usé jusqu'à la trame, occupé depuis des années à récurer les écuries de Chautemps en se pinçant le nez ? Pour sûr un palefrenier de la République ! Pour qui il se prend, ce valet, avec son écharpe de cocotte ? Faire un rapport, briser là sa carrière ? Quelle carrière ? »

Mais Charpentier n'impressionnait pas Dorian. L'inspecteur savait que le commissaire appartenait à la direction ferroviaire de la Sûreté générale, que sa spécialité officielle c'était la délinquance dans les trains, « de la petite rapine qui nécessite le flair d'un caniche », disait-il.

« La Ferroviaire ? précisait Dorian, un repaire de maurrassiens moisis qui tantôt se rêvent en chemises noires tantôt attendent la retraite dans la naphtaline en appréhendant de temps en temps, pour le chiffre, quelques bricoleurs minables. »

Il se demandait par quel hasard il avait bien pu se retrouver à Chamonix, Charpentier, à traquer de la grosse légume.

« Quelle belle énergie que celle de Stavisky, n'est-ce pas ? s'amusait Dorian. Une balle dans la tempe n'avait rien entamé de ses dispositions naturelles au mal. Pourquoi pas une seconde dragée, en effet ? Une dernière pour la route ? Vous l'avez échappé belle, commissaire ! »

Cette expression triviale que Dorian me rapportait le soir (*une dernière pour la route*) m'a fait repenser à ce geste que j'avais eu dans la voiture, après avoir ouvert mon sac afin d'y prendre un mouchoir, de tendre à l'inspecteur un étui à cigarettes.

« Vous fumez, n'est-ce pas ? C'est un cadeau de mon mari. Le pauvre Sacha, il avait juste oublié que je ne fumais pas. Je vous le donne, avais-je ajouté, acceptez, ça me fait plaisir. »

Dorian m'avait regardée bizarrement. Je tenais à lui faire un cadeau pour le remercier de son soutien à l'hôpital.

« Vous savez bien que je ne peux pas accepter, madame. »

Il n'avait pas pu, Dorian, pas voulu.

« Je suis désolé, non. »

Il s'était replié sur lui-même. Sa bouche s'était tordue en une sorte de grimace involontaire presque méprisante. Pourtant je l'avais comprise, cette grimace. Elle n'était pas méprisante, non, elle témoignait seulement de sa surprise embarrassée. Impossible de courir ce risque, de se fier à moi. En bravant Charpentier quelques minutes plus tard il avait peut-être eu l'impression de se rattraper, de corriger cette petite lâcheté.

« Montrez-moi la chambre de Stavisky, commissaire, je suis curieux de voir là où cette histoire s'est terminée. Vous avez bien dit qu'il s'était tiré une balle dans la tempe droite, c'est ça ? »

Charpentier approuvait en ouvrant la porte. Dorian pénétrait dans la pièce vide.

Seule une vague tache brune sur le parquet.

« Il était donc là, la tête dans le radiateur, le long du lit ? Comme ça ? »

Et Dorian de déposer sa sacoche près de la porte, de s'allonger en posant sa tête à l'endroit de la tache.

« Vous êtes fou ? se serait inquiété Charpentier, qu'est-ce que vous faites ? — Il tenait le revolver de cette façon ? insistait Dorian en simulant entre ses doigts la présence d'une arme. — Relevez-vous, inspecteur ! C'est un ordre ! — Répondez-moi d'abord, s'il vous plaît, disait Dorian.

— Oui, sans doute ! Où voulez-vous en venir ? répliquait Charpentier. — Il était gaucher, Stavisky, concluait Dorian, c'est pour ça que l'inspecteur Le Gall s'est précipité sur sa main gauche afin de lui retirer le pistolet. C'est logique. »

Charpentier s'est énervé.

« Personne ne vous a demandé de faire une enquête que je sache ? Bien sûr que c'est logique ! »

Dorian s'est relevé, a épousseté son pantalon, récupéré sa sacoche.

« On fait comment pour se tirer une balle dans la tempe droite de la main gauche ? »

9

À travers la vitre de la voiture où l'inspecteur Dorian m'a rejointe après s'être entretenu avec Charpentier, d'une main lasse je désigne le ciel gris, la neige fraîche.

— Encore un instant, quelques minutes, je vais venir, je vais venir…

Mes yeux se ferment. La fatigue me gagne. Je veux me redresser sur le siège, n'y parviens pas. En moi quelque chose résiste. La prison ? Non, c'est impossible. Mes enfants… Une lourdeur panique germe alors en moi qui m'engourdit bientôt. Une inertie douloureuse me pénètre, me remplit. Il me faudrait dormir, oublier. Je me tasse sur moi-même, me ratatine tel un bagage oublié là par hasard.

Pourquoi a-t-il fait ça, Sacha ? Nous abandonner tous les trois ainsi au bord de la route ?

J'aurais dû, aurais pu sans doute le pressentir, analyser davantage cette lueur qui vacillait chaque matin en me levant, chaque soir en me couchant. Combien de temps encore ? Durant toutes ces années Sacha a déposé des petits clous sous mes pieds. Commerces scabreux, négoces hasardeux, sociétés douteuses. Des clous dont il savait qu'un jour ou l'autre les pointes finiraient par me blesser. Il faisait mine de les ignorer, ces clous menaçants. Puis, soucieux soudain, il comprenait que je m'étais déjà fait mal. Non, rien n'était encore perdu. Il venait me panser, me soigner. Il ne fallait pas que je m'inquiète. Il me disait que l'échec n'existe pas, que tout renoncement est une impatience, qu'il faut attendre que la chance revienne. Ses loupés, ses chutes, ses fiascos. Je ne voulais rien savoir, rien entendre.

« Pour qui crois-tu que je fais tout ça ? demandait-il, pour qui tout ça, sinon pour les enfants, pour toi ? »

Une sensation mordante, une douleur sèche déchirent ma poitrine tandis que je revois le cadavre de Sacha, désormais vidé de toute ambition, de toute intuition, qu'une heure plus tôt les employés des pompes funèbres manipulaient à l'hôpital. Je songe que comme Sacha, même si je suis vivante, je n'ai plus aucun pouvoir sur mon propre destin, suis à nouveau sous contrôle comme je l'étais adolescente lorsque le soir à Passy je guettais les pas du Gigolo dans le couloir en fixant un point du mur de ma chambre. La grappe de raisin dans la tapisserie qui prenait lentement figure humaine, une face convoiteuse.

C'est impossible, cela n'arrivera pas. Pas la prison. Mes enfants ? Jacquot ? Que vont-ils devenir ? Je saisis la main de Dorian, celle dont les doigts sont engagés sous la poignée de la sacoche, enfonce mes ongles dans sa paume. Mes lèvres remuent mais il ne m'entend pas. « Écoutez-moi. Je vous en prie ! C'est très grave, ça me rend malade, je ne demande qu'à croire que je me suis trompée, écoutez-moi. »

— Plus tard, inspecteur, quelques minutes, je vais venir…

Je peine à me dégager des plis de ma mémoire. Cette apathie est proche de celle que j'éprouve certains matins tandis que j'espère prolonger le sommeil en m'efforçant de ne pas bouger. Fermer les yeux, leurrer le jour qui vient.

L'habitacle est silencieux. Autour de nous tout paraît inanimé, en sommeil. Le chalet écrasé sous la neige, la silhouette bonhomme des gendarmes, celle des policiers qui fument sur la terrasse, le ciel presque noir. Je dois me méfier de moi-même, ne pas céder à la détresse. Je change si vite d'humeur.

Dorian insiste en regardant sa montre.

— Le commissaire Charpentier nous attend, madame, le juge nous rejoindra.

Je lève la tête afin d'apercevoir la terrasse. Mes yeux s'attardent sur les deux inspecteurs qui discutent avec Charpentier. Derrière eux la porte du Vieux-Logis, les fenêtres dissimulées derrière leurs volets. À la façon de la grappe de raisin dans la tapisserie, la façade du chalet s'humanise progressivement. Je distingue une bouche, des yeux clos. Mort ou endormi, le chalet. Peintures ternes, pierres grises, bois sombre, je lui trouve un air faux. C'est laid, commun, si contraire à l'harmonie de l'hôtel Claridge où nous vivions tous les quatre depuis quelques mois. Comment Sacha a-t-il pu se réfugier ici ?

— Vous connaissez le Claridge, inspecteur ?

La voix de Dorian tressaille d'une déception qu'il cherche à dissimuler, qu'il travestit comme il peut sous une pellicule d'ironie.

— Le beau monde des serviettes ? Moi je fais plutôt partie des torchons, vous savez.

Je ne l'entends pas.

— Quel dommage.

J'ai de la main un mouvement tendre et sévère à la fois, assez similaire à celui d'une mère cherchant à encourager son enfant maladroit à recommencer après qu'il a échoué à grimper seul sur une balançoire.

« Non, pas comme ça, mon chéri, tu te trompes, il faut t'y prendre autrement, persévérer, je ne t'aiderai pas, tu dois y parvenir par tes propres moyens. »

10

Je sais que ma lenteur, ma mesure remplissent l'inspecteur Dorian d'une légère satisfaction qui tantôt s'étale en lui tantôt s'y ramasse. C'est toutefois une satisfaction suspicieuse, j'en suis sûre. Ma torpeur n'est-elle pas une résistance, mon indolence une couverture ? Je ressemble toujours à cette jeune femme égarée qui la veille lui a ouvert sa porte vers 22 heures, le visage tendu, les mains nouées sur sa gorge afin de retenir le col de son peignoir, cacher son cou, la naissance de sa poitrine mais pourtant je suis différente. Différente et semblable. Ma voix même, plus haute. On dirait que des bruits métalliques assez désagréables, des sortes de clics incongrus ponctuent mes phrases sans prévenir, s'infiltrent au milieu des mots. Je pense à ces grésillements qui troublent souvent l'aplomb altier d'une voix transmise par un haut-parleur.

Dorian me raconte qu'une horde de policiers a longtemps frétillé autour de Sacha mais que personne ne s'est approché, n'a cherché à lui porter secours. Il ne m'est pas difficile de l'imaginer se vidant sur le tapis, les yeux aveugles, le corps traversé de secousses nerveuses, le visage en sang ainsi que me l'a décrit l'inspecteur en évoquant les clichés que Charpentier, désinvolte, lui a montrés tout à l'heure avec une certaine fierté.

« Nul n'était très impatient d'appeler un médecin ! »

Chacun se détournait. Le commissaire a confié à Dorian avoir fait venir d'urgence un jeune photographe local spécialisé dans les mariages, baptêmes et autres cérémonies familiales.

« Il fallait figer la scène ! Pour la postérité ! Vous l'auriez vu, le blanc-bec ! s'amusait Charpentier, vous l'auriez vu accroupi devant le corps de Stavisky, aussi épouvanté qu'une donzelle ! Puis il a pointé son appareil à quelques centimètres de la tempe tuméfiée. Regardez ! »

Charpentier a alors tendu à Dorian une photographie floue. Un trou noir dans la chair brûlée. On entendait, paraît-il, un souffle léger franchir des lèvres entrouvertes de Sacha. Et le commissaire de se gausser.

« Ces soupirs, cette poitrine qui s'affaissait tel un pneu crevé, cette âme qui s'évaporait de façon saccadée comme si on lui écrasait le buffet, ça devait le remuer en profondeur, le jeune préposé aux mariages ! Il inclinait l'objectif de son appareil sur la bouche écarlate, me demandait, "Comme ça ?". J'approuvais », poursuivait Charpentier.

Sacha râlait. Imperceptible déplacement du photographe, légère modification de la perspective.

« Comme ça ? »

Sacha râlait toujours.

Je me dis que le photographe voulait sans doute bien faire, ne savait pas vraiment s'y prendre, était impressionné. La vie, la naissance, l'amour, il avait l'habitude, mais l'agonie, la mort, non.

« Était-ce parce qu'il n'y avait pas assez de place entre le lit et le corps allongé sur le tapis, aurait demandé Dorian, qu'il n'a pas essayé de changer l'angle, qu'il n'existe aucun cliché du côté gauche de la tête de Stavisky, là où la balle était censée ressortir ? »

Charpentier aurait éludé.

« Vous êtes sûr ? »

Trois longues heures se sont écoulées en même temps que sur la carpette le sang de Sacha. Fallait-il vraiment me répéter les mots cyniques de Charpentier ?

« Pourquoi porter secours à cette fripouille ? Ranimer la bête ? J'ai été d'une rigueur réglementaire, je n'ai fait que mon devoir mais pas davantage. Pourquoi aurais-je dû en faire davantage à votre avis ? »

À l'hôpital, le matin même, Dorian a croisé le docteur Jamin qui l'avait vu arriver en ma compagnie. Les deux hommes se sont parlé dans le hall. Le médecin était tout en émoi.

« Ce n'est pas ma faute, ah ça non ! Il faut que je vous dise, monsieur l'inspecteur, je me suis présenté vers 18 h 30 au Vieux-Logis, à l'appel des gendarmes. Blessure par balle, qu'ils m'ont dit au téléphone. En découvrant M. Stavisky j'ai constaté qu'il n'était pas mort et je me suis tout à fait officiellement étonné qu'on ne lui ait prodigué aucun soin durant plusieurs heures, qu'on l'ait laissé se vider de son sang jusqu'à imbiber parquet et tapis, imprégner les semelles des policiers qui, partout dans la maison et même sur les dalles de la terrasse, avaient dessiné des estampilles lugubres. Que vouliez-vous que je fasse ? En arrivant à l'hôpital il ne lui restait plus qu'un litre de sang dans les veines, vous vous rendez compte ! Vous le direz à Mme Stavisky ! Que vouliez-vous que je fasse ? »

Le docteur Jamin parlait de non-assistance à personne en danger, fustigeait la négligence de la police, s'emportait contre la maréchaussée imbécile bien qu'à ce moment-là elle fût dans le hall de l'hôpital en grand nombre, promettait d'alerter son beau-père, M. de Saint-Auban, le bâtonnier de l'ordre des avocats de Paris.

« Un scandale ! répétait-il à Dorian afin qu'on l'entende, un scandale, une honte ! Notez-le, inspecteur ! Je n'en resterai pas là ! Je ne laisserai pas dire que c'est ma faute, ah ça non ! »

11

Je me demande s'il est possible que cette chose progresse, que la suspicion se fraye un chemin en lui aussi, ce policier aguerri. Il avait l'air si empathique à la gare, à l'hôpital. Le froid raidit le bout de mes doigts, mes pieds.

— Ne pourrait-on pas monter le chauffage ?

Que veut-il au fond, l'inspecteur Dorian ? Faire la roue sur mon dos ? Toucher une prime afin de s'acheter une autre écharpe en soie ? Un imperméable neuf ? Parader comme les autres, sans preuves véritables, avec seulement quelques soupçons, des déductions hasardeuses, des analyses douteuses, des intuitions d'expert, parader sans effort au milieu de ceux qui savent toujours tout, ont tout deviné en quelques secondes, tout démêlé du scandale avant même qu'il n'éclate, n'ont jamais aucun doute ? Ne suis-je pas la *veuve de l'escroc* ? Une complice toute désignée, n'est-ce pas ? C'est ce qu'il croit, l'inspecteur ? Je suis sûre qu'il n'est pas aussi naïf que ses grands yeux fatigués le laissent à penser. On ne la lui fait pas, à lui. J'appréhende le goût de ses questions sournoises, un goût aussi amer que celui d'une rondelle de citron.

J'ai l'impression de sentir en moi, très affaibli, comme venu de loin, le reflux épuisé de mon bonheur d'autrefois. Ce confort, ce luxe qui me semblaient si naturels, si familiers. Le souvenir du bonheur est comme une crampe, les muscles deviennent vite douloureux quand on ne les sollicite plus. Dorian me regarde de biais.

— Gustave Tissier, ça vous dit quelque chose ? C'est son arrestation qui a tout provoqué.

Je hausse les épaules.

— Gustave Tissier ? Peut-être. Un petit homme avec une bouche en cul-de-poule cachée sous quelques poils grisonnants, un front ridé d'angoisse ?

Je me souviens de lui, oui. Son allure étrange, baroque. Celle d'un employé monté en sauce après des années de dévouement qui, sans y parvenir tout à fait, veut ressembler à ceux qui l'ont fait roi.

— Le directeur du Crédit municipal de Bayonne, c'est ça ? Je l'ai croisé une première fois à Biarritz, au casino, il accompagnait le député Garat. J'ai cru ce jour-là qu'il s'agissait de son secrétaire parlementaire !

Les derniers temps je me rappelle que Sacha disait de lui qu'il prenait de mauvaises habitudes, des habitudes de dignité, de respectabilité à force de fréquenter des Parisiens huppés, les huiles locales de la politique, des affaires, des habitudes des fla-flas, quoi, des prétentions maladroites de nouveau riche qui allaient attirer l'attention. Je revois cette ridicule chevalière armée à son annulaire, ses bottines victoriennes, ses costumes sur mesure, son chapeau de chez Courtois, son nœud papillon de mandarin sans médecine. Une allure de notaire cabot. Ne racontait-on pas qu'il était chrétien à la manière d'autrefois ? Tout ça donc à cause de ce petit homme ridicule, vraiment ?

— Il a tout avoué, Tissier, il a chargé votre mari, ajoute Dorian. Sans doute pour sauver son honneur. Vols, faux, usage de faux, détournement de pièces et deniers publics, escroquerie et complicité, abus de confiance et recel. Ce n'est pas un acte d'accusation que le juge a rédigé à l'encontre de Tissier, c'est le codex de la canaillerie !

Cet humour... Je voudrais à présent que Dorian se taise. Tout de suite. Comment peut-il ? Comment ose-t-il ? C'est ma faute aussi, quelle folie, je n'ai que ce que je mérite. Je le savais. Une fureur enfantine me saisit. Pourquoi m'abandonnent-ils tous ? J'ai envie de crier, taper des pieds, frapper la banquette de la voiture avec mon sac. Cet air supérieur tout à coup, cette façon de jouer avec le liseré de son écharpe blanche, cette moue désinvolte, ce ton familier quand il s'adresse à moi. Est-ce un manque de confiance en lui ? L'effet paradoxal de son effort pour vaincre sa suspicion? Mais je suis blessée, froissée par ses insinuations, sa façon de tout agglomérer. Sacha, Tissier, moi. Le même monde, ses secrets misérables, ses débauches supposées. J'ai peut-être tort, hésite à nouveau, il ne peut pas être si méfiant, si lointain. Je me redresse, rassemble mes forces. C'est peine perdue. Lui aussi, donc. Quelle idiote! Je suis la seule survivante de ce monde en ruine, seule au milieu d'une foule ennemie formée d'étrangers, d'individus qui, passé les premières minutes de pitié, reviennent vite à leurs doutes, leur prévention. Je croise les bras, le regarde, le défie mais il ne semble guère s'en émouvoir.

12

Je me suis laissé surprendre. La densité de l'inspecteur, son épaisseur rassurante mais aussi cette sacoche qu'il tient comme un talisman, son écharpe mystérieuse. Quelle aveugle je fais. Ça n'est pas très difficile de se retrouver maintenant aussi seule et abandonnée qu'auparavant. J'en ai l'habitude, c'est dans l'ordre des choses, ce calme, ce grand vide. Déjà quand Sacha partait sans me dire où il allait ni combien de temps il serait absent, dès qu'il disparaissait le bruit énergique de la porte qui se fermait sur lui déclenchait en moi cet envahissement extraordinaire, ce néant qui finissait par enfler, me remplir tout à fait.

La voiture sent le mauvais tabac, la sueur. Ce malheureux inspecteur en guise de cerbère, ses épaules de déménageur gonflées sous l'imperméable miteux, ses cheveux gras, épais comme du foin, sa barbe sale, son cou de bœuf, cette façon béotienne de refuser tout à l'heure l'étui à cigarettes que je lui offrais, cette manière grossière de m'interroger sans en avoir l'air, n'est-ce pas une forme de punition ? La neige souillée, le ciel chargé, le chalet sordide, la main large de Dorian déposée comme un paquet hostile le long de ma cuisse, sa tête tournée vers l'extérieur, l'orientation fuyante de son corps, son indifférence, ce n'est pas grand-chose, presque rien, seulement un avant-goût du châtiment, un échantillon. Demain l'inspecteur me conduira devant la prison, s'en fera ouvrir la porte pour qu'on m'y précipite, m'y efface (les Enfers). Il retournera à sa vie comme s'il ne m'avait jamais croisée.

Le bras de Dorian se tend sur la banquette. Sa main se faufile jusqu'à ma nuque. À la base de mes cheveux, sur ma peau, j'en sens la chaleur.

— Ça suffit, allons-y, mon ami.

13

La berline du juge se range derrière la voiture de police tandis qu'au même moment Dorian et moi en descendons.

Sans bouger le commissaire Charpentier nous observe cependant que nous montons les quelques marches accédant à la terrasse en nous efforçant de ne pas vaciller. On voit qu'il est épuisé, Charpentier, tel un sportif après l'effort. Quelque chose comme une fatigue de vestiaire à la suite d'un match remporté de façon inattendue contre un adversaire réputé invincible. Joie stupéfaite, courbatures. Un vague sentiment d'imposture aussi. Pour une fois qu'il pouvait prendre la lumière, Charpentier. Il est paraît-il furieux que la Sûreté générale ait désigné Pierre Bonny comme enquêteur principal. Même s'il pressent avec un certain bonheur que la presse ne tardera pas à douter de l'impartialité du célèbre inspecteur eu égard à sa longue fréquentation des écuries qu'il est censé nettoyer. C'est ce qu'il a confié à Dorian. Ça l'énerve Charpentier, la bonne fortune de Bonny. Il est jaloux. Quand il pense à lui il ressent un mélange indistinct de dégoût et d'envie. Ce que je lui inspire lorsque je me présente devant lui, la mantille relevée, les yeux clairs pleins de chagrin, n'est pas bien différent. Tout se brouille dans ma tête. Il n'a pas envie de ménager la *veuve de l'escroc* ou plutôt, s'il souhaite me donner l'impression qu'il me respecte, de m'accorder le spectacle du respect, je sais que ça ne l'empêche pas d'accueillir sans vergogne au fond de lui le désir malsain d'avoir sous la main l'une de ces femmes distantes qu'il ne possédera jamais. Ce désir le pique en profondeur. Plus qu'il ne l'aurait imaginé. Il m'invite à pénétrer dans le chalet avec des précautions d'homme du monde mais je suis sûre qu'il rêve de me bousculer comme un soudard, me brusquer comme un voyou.

— Il n'y a pas grand-chose à voir, vous savez.

Il fait froid dans le Vieux-Logis malgré un feu timide qui crépite dans un poêle de fortune. Une bougie brûle sur le rebord d'une fenêtre. On dirait une chandelle qui se consume sur le pupitre d'un adjudicateur. Je me demande ce qui se négocie là, entre ces quatre murs de pierre et de bois, ce qui a bien pu inspirer celui qui l'a allumée, cette bougie.

Afin de passer le temps, par provocation surtout, le commissaire Charpentier sort son journal de sa poche, le déplie, le feuillette. Devant tant de désinvolture, d'incorrection, Dorian s'impatiente :

— Qu'est-ce qu'on attend, au juste ?

— Le juge, inspecteur, le juge, je suis désolé, ce sont les consignes. Madame Stavisky veut peut-être s'asseoir ?

Du fiel saupoudre sa dernière question comme une pellicule de moisissures à la surface d'un pot de miel. Je ne réagis pas. Pas un frémissement. Pas un soupçon de vie en regardant autour de moi le mobilier modeste du chalet. Cette étagère, ces chaises, cette table sur laquelle Sacha a dîné, joué aux cartes afin de distraire l'ennui avec ses compagnons d'infortune, ce couple étrange que j'ai aperçu au pied du chalet, entouré de plusieurs gendarmes. Tout est figé. On dirait qu'un enduit cireux recouvre chaque chose. La neige dehors, le vernis dedans. Rien ne bouge sauf la petite flamme de la bougie comme si quelqu'un, invisible, dirigeait les opérations à distance. Pour un peu j'invoquerais Dieu. Tout est propre, trop propre même jusqu'à paraître désolé, mort. Je ne peux compter sur le secours de personne pour réveiller la poussière, les quelques meubles, l'horloge, les faire lever, craquer, sonner. J'ai la sensation inquiétante de *reconnaître* cet endroit. C'est qu'il me rappelle une autre pièce claire froide austère pure – le cabinet de travail de mon père dans la maison familiale de Blois.

— Le chalet a été nettoyé, n'est-ce pas ?

— Un petit coup de balai, répond Charpentier, sourire aux lèvres.

J'entends la voix fluette du juge qui sur la terrasse discute avec Girard et Le Gall. J'imagine qu'il le fait exprès, prend son temps, il sait qu'on l'attend. Les voix portent malgré l'obstacle ouaté que l'humidité, le brouillard impriment aux sons. J'imagine qu'à travers les volets clos, recroquevillé sur son lit, Sacha les a entendues lui aussi, ces voix assourdies, tout en essayant de dénombrer les silhouettes qui se mouvaient sous ses fenêtres. Il a sans doute compris que son épopée s'arrêtait là. Bientôt les policiers, les gendarmes pénétreraient dans la pièce où il s'était réfugié, l'interpelleraient. Il devait lorgner, posé sur la table de nuit, le pistolet Browning.

D'un doigt distrait j'effleure la table, dérange l'agencement d'un jeu de cartes oublié au centre du plateau, le fais basculer. Je déploie les cartes, les mélange. Brouiller les pistes, fabriquer du mouvement par peur de l'ordre, sortir enfin, à mon âge, du cabinet de travail de mon père. C'est que je suis ici comme une femme abasourdie qui découvre qu'en son absence sa maison a été réduite en cendres par un incendie. J'ai tout perdu. Ma vie est anéantie. Je n'ai, ne suis plus rien. Hier encore le bonheur, les plaisirs, aujourd'hui plus aucune trace de ce passé si proche, si familier, si vivant en moi. Hier encore. Je me concentre sur un objet quelconque, ce jeu de cartes, le touche, l'embrouille. C'est machinal. Mon œil est vide. Les cartes ne servent qu'à distraire ma quête. Cette porte, là? Je me refuse à l'approcher, la regarder malgré une envie qui me travaille en profondeur. En l'évitant je la désigne.

— La porte, là, n'est-ce pas celle de la chambre où Sacha a vécu ses derniers instants?

Il n'y en a que deux qui donnent sur la pièce où nous nous trouvons mais l'autre est ouverte. Rien à cacher, donc. Je caresse une carte, le valet de pique, le Pouilleux, retire un gant afin de sentir sur ma peau la présence soyeuse de ce bout de carton que Sacha, il y a peu, tenait entre ses doigts.

14

Le juge fait son entrée, ôte son chapeau, retire ses gants, souffle comme s'il avait couru.

C'est qu'il a déjeuné, lui, contrairement au commissaire, à l'inspecteur Dorian, à moi. Il se sent lourd. Charpentier venait de nous dire assez cavalièrement qu'il était las de l'attendre. Moi avec ma zibeline, le juge avec sa pelisse, bien sûr que nous lui rappelons ces bourgeois complaisants qui là-haut se réchauffent sous les lambris des ministères pendant que lui grelotte à Chamonix, les pieds dans la poudreuse ! Il n'a plus l'âge, Charpentier, ni l'énergie. Cette traque l'a vidé. Les trains, les voyous à gâpette, la canaille ferroviaire, les chapardeurs, passe encore mais la grande truanderie, les combines en col blanc, les intrigues de palais, non, ce n'est pas pour lui. Ça lui fait du bien de fulminer en silence, maudire ensemble le couple Stavisky, le petit juge, Chautemps, l'inspecteur Bonny, au-delà peut-être même la République, les Juifs, les francs-maçons, la pègre cosmopolite…

J'invente qu'il a peur, le commissaire, qu'il pense à sa famille, ses cinq ou six hectares quelque part en Normandie ou dans l'Oise, ses économies. Si le krach de Bayonne allait maintenant tout contaminer ? « Débâcles en cascade, faillites en série, liquidations juteuses, dépôts de bilan comme s'il en pleuvait. La crise dans la crise, la foule éperdue, survoltée à la façon d'une colonie de fourmis après qu'on a marché sur son nid. Tout ça à cause de ce petit youpin, de son agathe avec ses grands airs de duchesse offensée. Sûr que pendant ce temps-là ils se frottent les mains, les spéculateurs de la corbeille Brongniart, les associés de Stavisky. On les sait attentifs toujours aux rumeurs financières, aux méchants coups à faire, n'est-ce pas ? On imagine quelque trafic autour du cadavre tiède de leur pygmalion. Deux cent cinquante millions ! Qui dit mieux ? »

Charpentier éternue. Il a pris froid.

— On est très en retard, monsieur le juge.

— En retard ?

Le juge entend prendre son temps.

— Vous n'avez pas encore procédé à la visite, commissaire ?

— On vous attendait.

Le visage glabre du juge est couvert de plaques rouges. Il hausse les épaules, ignore la remarque de Charpentier.

— C'est la pièce au fond, là, si vous voulez bien vous avancer.

On dirait qu'il m'invite à danser. Une valse, madame ?

C'est trop d'un seul coup. Je ne m'y attendais pas. Trop brusque comme si une lumière vive s'était soudain allumée qui à présent m'aveuglait. J'ai pourtant eu le temps de me préparer. Dans la voiture de police puis dans le chalet en compagnie des deux policiers. Une vague de fond me soulève. J'ai l'impression de pendre au-dessus du parquet. Cette affreuse tache sur les lattes près du radiateur. J'essaie de reprendre pied, me déplace précautionneusement dans la chambre sans savoir où m'arrêter, me poser. Je respire comme je peux, observe les lieux. La fenêtre, les murs, le radiateur.

— Pourquoi est-ce aussi vide ? Où sont les meubles ? Le lit ?

Ma voix vibre. Dorian hoche la tête comme pour faire savoir que lui aussi s'interroge. Le juge se tourne vers Charpentier.

— C'est vrai, ça, commissaire, où sont passés les meubles ?

— Je n'ai fait qu'obéir à Paris, les ordres de Paris.

— Mais ce n'est pas conforme à la procédure ! Qui vous a demandé de faire le ménage ?

Charpentier sourit en maltraitant son nœud papillon. Son regard déborde de satisfaction.

— Le contrôleur général Ducloux.

— Vous l'avez eu au téléphone, Ducloux ?

— Pas lui directement, non, mais ça revient au même. N'insistez pas, monsieur le juge, on vous expliquera plus tard.

Charpentier n'est pas fâché de rappeler à ce petit juge de province qu'il est sous la férule de beaucoup plus puissant que lui. Est-il possible que le contrôleur général Ducloux, qui dirige tous les services de recherche de la police judiciaire, ait donné un tel ordre sans y avoir été invité, encouragé par la présidence du Conseil dont il dépend directement ?

Le juge réfléchit, insiste :

— Comment ça, plus tard ?

Son sourire est crispé. Il bout. Malgré ses ambitions, sa prudence, il se sent mortifié par la désinvolture du commissaire, son mépris, ses sous-entendus qui visent à l'humilier devant moi, une femme de son monde, fût-elle la veuve d'un escroc.

Mes pas résonnent dans le vide tandis que je me dirige vers la fenêtre dont l'un des carreaux est visiblement neuf. Le mastic n'est pas encore sec. J'aimerais que Dorian s'approche de moi, qu'il abandonne sa sacoche afin de faufiler à nouveau sa main sous mon coude, me soutienne. Pourquoi ne quitte-t-il pas cet air absent ? Malgré l'impassibilité postiche de mon visage sous la mantille je voudrais qu'il discerne mon chagrin, ma honte aussi de me trouver là, de me mettre à nu dans cette pièce vide devant ces deux hommes, le commissaire, le juge, qui n'éprouvent à mon égard aucune compassion. Je me sens empoignée, forcée par leur attente silencieuse. Bien qu'elle soit à l'évidence sans pitié, sans aucune indulgence, cette attente, j'en veux à Dorian de ne rien savoir lui opposer, ni regard réconfortant ni prévenance particulière, de bayer plutôt aux corneilles, d'être lointain quand j'aurais tant besoin de son soutien. Je sais que c'est injuste mais je reproche à l'inspecteur sa discrétion comme j'ai longtemps reproché à ma mère son insensibilité face aux agissements du Gigolo, à Mora son intoxication amoureuse, son inattention d'amant, cette imprudence à laquelle je dois mon premier enfant, Jacquot, dont je ne voulais à aucun prix. L'enfant éjaculé du passé, le lointain parent du locataire de la tapisserie qui applaudissait aux exploits du Gigolo. Injuste autant qu'absurde. Mes affections comme mes aversions n'ont guère de logique.

Depuis ce matin le juge, le commissaire, les médecins, les employés des pompes funèbres, tous, ils n'ont rien exprimé d'autre à mon endroit qu'une curiosité glaciale chaque fois que d'un mot je m'efforçais de m'en remettre à eux, me laisser guider, les convaincre que je les comprenais. Ils étaient bien sûr dans leur rôle comme j'étais dans le mien. En guise de soutien je songe que je ne peux guère compter que sur la négligence progressive du monde. Tout cela finira bien par passer. Pour l'heure il me faut dissimuler autant que possible ce que je ressens. Le monde entier ne doit rien savoir de mon malaise. Ces skieurs qui passent au loin, ces promeneurs, ces gendarmes qui battent la semelle dans la neige.

Comment osent-ils fouler sans émotion le sol sur lequel a séché le sang de Sacha ? Que s'est-il ici passé, mon Dieu ? Pourquoi les murs ne parlent-ils pas ? Il aurait mieux valu pour moi rester enfermée dans cette chambre d'hôtel qu'on a réquisitionnée afin que je puisse m'y reposer ce soir. J'y passerai la nuit avant de retourner à Paris. Dans la voiture qui m'amenait de la gare à l'hôpital le brigadier m'a montré la façade de l'hôtel. Le Chalet des Pèlerins. Quel pèlerinage, en effet.

« Y serai-je sous bonne garde ? »

Intimidé, le brigadier a bougonné. J'ai tout de même saisi que l'inspecteur Dorian y serait hébergé lui aussi. Deux hommes en protégeraient l'entrée jusqu'à mon départ demain matin.

« Vous comprenez, a précisé le brigadier, c'est surtout pour repousser les importuns, les journalistes, au cas où… »

Sa délicatesse maladroite m'aurait presque amusée. Repousser les importuns, vraiment ? Quelle prévenance ! J'en aurais ri.

À travers la fenêtre j'observe les maisons blotties sous la poudreuse, me rappelle qu'enfant je pouvais rester des heures à contempler la rue, les passants. Ces toits aux versants débordant d'une neige laiteuse qui me fait penser à de la crème, ces portes ouvragées, ces jolies peintures dont les couleurs s'enrichissent du contraste d'avec le blanc de la neige, ces rideaux de dentelle. Des maisons de poupées. Comme c'est charmant ! Je songe au bonheur de ma fille Michèle la dernière fois que nous sommes allés tous ensemble à Megève, sa joie enfantine. Que va-t-elle devenir, Michèle ? Me reconnaîtra-t-elle quand je sortirai de prison ?

— En avez-vous assez vu ?

Le juge a resserré le nœud de son écharpe. Il s'apprête à revêtir son chapeau, enfile déjà ses gants. Je regarde Dorian avec insistance. Je suis perdue. Je suis seule dans le camp ennemi. Sans défense. Sous le radiateur, à la faveur d'un rayon de soleil, un bref éclat de lumière venu d'entre les lattes du parquet. Dorian désigne un trou dans le mur à la hauteur de sa poitrine.

— C'est là que la balle s'est fichée ?

Charpentier approuve.

— Oui, on n'a pas réussi à la retirer.

— Comment a-t-elle pu finir sa course si haut ?

— Je ne suis pas expert en balistique, vous savez, vous non plus.

— Certes mais sauf à se suicider à genoux, je ne vois pas comment c'est possible.

Le juge se penche sur le trou où demeure la balle incrustée, dos au mur s'accroupit pour, d'un œil plissé, considérer la trajectoire.

— Le coup est parti de là.

Et sa main de remonter du parquet jusqu'au plâtre percuté.

— De haut en bas, donc, insiste Dorian.

— En effet, c'est ce qu'il paraît.

— Le problème c'est qu'on l'a retrouvé allongé.

— Où voulez-vous en venir, inspecteur? interrompt Charpentier.

— Nulle part, vous avez raison, commissaire, après tout il n'est pas interdit de se suicider à genoux puis de s'allonger pour agoniser plus confortablement.

— Attendez!

Je m'avance vers le radiateur, m'incline, étire le bras en l'engageant sous les tuyaux. Ma main retire d'entre deux lattes une pièce métallique oblongue de la taille approximative d'une olive.

— Qu'est-ce que c'est?

La balle brille entre mes doigts.

Un trophée.

Longtemps le commissaire et le juge contemplent la balle en hésitant à la quitter des yeux. Comment lui répondre, à la *veuve de l'escroc*? Ils ne veulent pas croiser mon regard. L'inspecteur lève la main mais comprend qu'il doit retenir son geste. Il ne faut rien d'autre qu'un certain naturel, un air négligent, ne rien afficher qui trahisse quelque précipitation que ce soit, aucun excès, en rester à l'éloquente apparence des choses.

— Stavisky se serait donc tiré deux balles dans la tête?

15

Deux tasses, deux serviettes pliées, un cendrier, une nappe d'un blanc fatigué.

Il fait sombre dans la salle à manger de l'hôtel. La nuit tombe. Je crois distinguer par instants des chauves-souris qui rasent les toits de leur vol erratique. Mes yeux comme ceux de l'inspecteur Dorian sont las, coulent sur les clients qui, joyeux, en famille, se réchauffent en buvant un grog, relatent leurs exploits du jour, leurs performances.

Du regard j'effleure le pendule de la comtoise qui rythme les conversations de son oscillation, les meubles lourds en chêne foncé, les rideaux de mauvais goût, les méchantes peintures suspendues aux murs, mais sans rien apercevoir jamais, sans rien entendre hormis la pulsation de l'horloge. Nous sommes tous les deux empesés comme des chiffons souillés d'avoir trop frotté toutes sortes de surfaces poussiéreuses. Nos yeux enduisent ce qu'ils observent d'une pellicule sale de résignation, de fatigue dont la viscosité nous paralyse ensemble, nous abrutit, nous isole du reste de la salle.

Tout à coup Dorian s'éveille, a l'air surpris. Il vient d'apercevoir courant le long d'une plinthe un énorme cafard dont la tête présente en creux une marque noire d'où se lèvent deux antennes crispées comme des bras tendus, un cafard avec cette teinte d'entre-deux, moitié marron moitié fauve, qui depuis l'enfance, à la campagne, dans les tranchées, lui donne sans doute des sueurs froides. Quel hôtel… Le Chalet des Pèlerins n'est certes pas le Claridge. Les autorités ne se sont guère foulées pour la *veuve de l'escroc.*

Dorian se penche avec précaution, redoute que sous la table l'insecte n'en profite pour s'approcher de mes escarpins, les gravisse, frôle mon pied. Je vois qu'il voudrait m'alerter mais se retient, se sent démuni, handicapé par sa propre angoisse. Il est à l'évidence accablé, aimerait se reposer dans sa chambre, fuir le cafard menaçant, lire le journal, s'assoupir un instant plutôt que de boire le thé avec moi, devoir m'écouter sans m'entendre, me regarder sans me voir. Un cafard peut-il le bouleverser à ce point ? Je me souviens de Jacquot qui pleurait dès qu'une mouche volait près de lui.

— Je me disais souvent que je devais veiller sur lui, être dans son dos, ne pas le laisser seul, dis-je pour rompre le silence, je n'y suis pas arrivée. C'est ma faute tout ça, je ne sais pas prendre soin d'autrui, je n'ai jamais su.

Je pense à Jacquot mais Dorian croit que je parle de Sacha.

— Vous ne pouvez pas vous reprocher ce qui est arrivé.

Dorian regarde ma bouche humide après que j'ai bu une gorgée de thé, mes lèvres entrouvertes.

— Ce thé est froid.

L'inspecteur apostrophe une très jeune serveuse en robe noire, tablier blanc, qui dans la salle virevolte de client en client. D'un ton cassant il lui intime de nous apporter du thé chaud. Ses mots sont si brutaux, sa voix si autoritaire que j'en suis incommodée. Cette réaction trop vive. Cette fièvre. Est-ce là comme l'aveu de la violence qui participe de sa fonction, celle aussi de la justice qui va s'abattre sur moi, mes enfants ? Je me détourne de lui tout en tenant la tasse entre mes mains tel un rempart fragile. Il a compris, cherche maintenant à se donner une contenance plus paisible, essaie de me distraire en souriant, évite toutefois de croiser mon regard tant il craint d'y découvrir du dépit, une sorte de colère à son encontre, à l'encontre de tous les hommes peut-être. Les hommes d'affaires, les hommes politiques que je fréquentais, qui m'ont abandonnée, les policiers, les gendarmes qui me tiennent en laisse, les touristes bruyants, les curieux qui me dévisagent sans vergogne, les journalistes à la gare ce matin, les médecins à l'hôpital, le juge qui m'évalue, soupèse ma culpabilité. Le dépit d'être l'enjeu de cette violence prédatrice qui suinte de leurs gestes d'homme, leurs propos d'homme, leurs décisions d'homme. Cette violence est-elle instinctive ? Coule-t-elle dans les veines de Jacquot, de Claude, dans le sang des fils comme dans celui des pères ? Est-elle l'aiguillon qui a décidé le Gigolo à pousser ma porte, s'amusait à engendrer une face grimaçante dans la grappe de raisin tandis que je fixais le mur afin de me soustraire à l'exigence ignoble, à l'odeur entêtante de cette vigueur ? Est-elle le visa qui autorisait Bonny à me bigler avec envie ? Est-elle le germe essentiel de la férocité légale à laquelle il y a peu encore le monde entier enjoignait les hommes de s'abandonner ?

— C'est comment la guerre, inspecteur ?

16

Je songe que si l'armistice met fin aux combats elle ne met pas fin à la guerre.

Quinze ans après, les obus continuent de fleurir dans les champs, d'exploser sous le sabot des vaches. Les journaux sont pleins de ces faits divers. Les mines, les munitions non percutées continuent de bourgeonner dans la main des gamins crottés qui s'amusent à les extraire des capotes moisies où se décompose la chair des soldats, ces morts sans vraie sépulture qui engraissent les sillons de leur sacrifice anonyme.

— J'étais dans un régiment d'infanterie, près de Metz, dit l'inspecteur Dorian.

Il me semble malgré tout, malgré les apparences, que tout le monde se ressemble. La vie est une affaire de circonstances. Comment dans ces conditions juger, condamner ou absoudre ? Je sens que Dorian me regarde. Je n'ignore pas ce qu'il voit. Un petit animal futile sauvage capricieux. Mon nez un peu long peut-être mais fin, mes yeux qui s'assombrissent jusqu'à devenir mauves dès que je fixe quelque chose avec intensité, mes mains aux ongles rouges.

Le cafard ne bouge plus. Ses antennes sont dressées comme s'il guettait, vigilant, le moindre bruit, le moindre mouvement. Il est installé entre mes pieds. On dirait qu'il hésite entre les deux escarpins. Je me demande s'il y a des cafards dans le cabanon où, au milieu des pelles, des bêches, repose le cercueil de Sacha.

Si Sacha avait pu assister à sa propre agonie il aurait sans doute demandé à ce qu'on le débarrasse de ces guenilles, ce pyjama d'hôpital en tissu grossier, ce turban qui lui tombait sur le visage. Il aurait exigé qu'on le revête d'une jaquette, le drape dans un manteau de smoking telle une chauve-souris lovée dans ses membranes ailées, qu'on noue une lavallière autour de son cou, enfile ses mains dans des gants blancs. Imiter encore, une dernière fois, ceux qu'il avait dépouillés pour mieux leur ressembler.

Le cafard a choisi de reculer, de disparaître sous la sacoche de Dorian.

La nuit est tombée. La salle à manger se vide peu à peu. L'inspecteur et moi demeurons tous les deux sans bouger, engourdis devant nos tasses dans une pénombre qui nous éloigne l'un de l'autre, absorbe la limpidité de nos traits, autorise des divagations plus intimes. Dorian songe peut-être à la peau douce d'une femme, sa gaieté dans le plaisir, cette pénombre d'où il lui a fallu s'extraire afin d'aller me cueillir au milieu de la nuit. Sent-il comme moi que la vie se courbe déjà, s'incline comme chaque chose ici-bas, comme la pierre qui retombe après qu'on l'a jetée haut dans le ciel, la nuit qui s'abat derrière les montagnes ? Depuis qu'il est revenu de la guerre il doit se dire qu'on l'a privé du bonheur d'être jeune, qu'il n'a guère eu le temps d'être insouciant, léger.

Avoir vingt ans dans les tranchées…

La serveuse allume le plafonnier. Nous clignons des yeux comme si nous nous réveillions, avons envie de nous étirer, nous détendre. On dirait que nous sommes contents de nous retrouver comme après une longue séparation.

— Quelle heure peut-il être ?

Je tends la main vers lui, sa main, l'effleure sans m'attarder longtemps. Comme il est désarmant, cet inspecteur, avec sa moue incrédule au bord de la bouche tandis qu'il se recule sans que je sache si c'est la surprise ou la méfiance qui l'agite ainsi. Pour quelle raison me fait-il penser à un soldat endormi que réveillerait le son du clairon ? Je regarde sa main qui tient une cigarette, ses doigts solides sans être trop épais, ses ongles très bombés dont la surface paraît écarlate. J'ai envie de les saisir, ces doigts, de m'y accrocher. Il est au fond semblable à moi, heureux d'avoir les mêmes sympathies que moi, les mêmes révulsions. Quelle chance qu'il soit là, près de moi, qu'il soit disposé, plus disposé que n'importe qui à m'écouter, m'entendre, m'offrir une approbation spontanée sur des sujets à propos desquels d'ordinaire je n'aurais pas osé me dévoiler.

17

— Les gendarmes, là, dans l'entrée, il paraît que c'est pour eux.

La jeune serveuse se rengorge, se donne de l'importance, chuchote en se penchant tandis que les touristes l'interrogent.

— Ils passent la nuit à l'hôtel, m'a-t-on dit, avant de reprendre demain matin à la première heure le train pour Paris à l'arrêt d'Annemasse. On dit que lui c'est un avocat ou un journaliste célèbre, je ne sais plus, et elle, la femme de cet homme qui était traqué par la police et qui a fini par se suicider au Vieux-Logis avant que les gendarmes ne donnent l'assaut. Un truand de haute volée, je crois, un maître-chanteur qui menaçait le Tout-Paris. Les journaux ne parlent que de ça ! Quelle histoire ! Ici ? Vous n'avez donc rien vu ? Les rues sont pleines de reporters, de photographes ! À Chamonix, où il ne se passe jamais rien, sinon la neige qui tombe !

Nous n'entendons pas les conversations, contemplons en silence la théière fumante que la serveuse nous a apportée. C'est étonnant comme rien ne se déroule conformément à ce que dans le train je me suis efforcée d'anticiper à partir des quelques informations qu'un policier froid comme la pierre avait néanmoins bien voulu me donner tandis qu'on quittait en pleine nuit l'appartement de la rue Obligado où je m'étais réfugiée depuis le départ précipité de Sacha. Je savais que je paierais un jour prochain. Ce policier ne m'avait-il pas dit en me confiant aux bons soins de l'inspecteur Dorian sur le quai de la gare de Lyon : « Ne vous y trompez pas, madame, vous ne perdez rien pour attendre » ?

Le moment est sans doute venu. Demain je retourne à Paris. On m'attendra sur le quai. Ce même policier glacial peut-être. Où m'emmènera-t-il ? Voilà, je dois plier. C'est pour ça que depuis mon arrivée à la gare de Chamonix les choses se succèdent afin de me rappeler que je suis en sursis, qu'il n'y pas de place pour l'espoir. Rien ni personne n'est en mesure de me sauver. Je sais que toute résistance est inutile. Le pire est désormais certain. Dans quelques heures – la prison, la privation de liberté, la solitude, mes enfants loin de moi, l'opprobre. Je me demande de quelle façon je vais m'y prendre pour vivre avec ce noyau qui durcit d'heure en heure, cette espèce d'abcès qui sera bientôt en moi comme une tumeur maligne. Même Dorian, notre complicité insolite qui est le seul signe de vie au milieu de tout ce gâchis, même cela je ne l'ai pas vu venir, m'en étonne chaque minute, m'en émerveille tristement. Je ne peux plus repousser l'effondrement, le désastre auquel je me sais promise. La prison sans doute, la désagrégation de ma famille, la solitude, la rupture d'avec mes enfants. Le puits sans fond dont je ne parviens pas à distraire mes pensées.

Ce dont j'ai envie c'est qu'un coup de baguette magique vienne changer le cours des choses. Plutôt que la veuve d'un escroc mort je me réveillerais aujourd'hui comme autrefois quand j'avais vingt ans, quand Mora me présentait à Coco Chanel avec dans les yeux une fierté amoureuse qui creusait en moi des galeries d'orgueil, d'insolence, d'ambition, je me réveillerais avec un destin vierge aussi pur qu'une page blanche sur laquelle tout resterait à écrire. Si je n'ignore pas la vanité de cette envie je prends cependant plaisir à me rappeler à quel point tout cela était agréable. Le désir, la tendresse, la fierté désintéressée, cela que je guette maintenant presque par réflexe dans les yeux de Dorian. Puis je m'efforce de me réfugier dans ce qu'il y a de plus indestructible en moi (malgré l'affaire, les circonstances tragiques, le sort) – l'éducation bourgeoise, les bonnes manières apprises au cours Dupanloup pour se détacher du réel, se libérer des attentes, des curiosités inconvenantes.

— Vous avez des enfants, inspecteur ?

Dorian semble hésiter à ouvrir son portefeuille, à sortir une photographie de sa famille. Que pourrais-je dire ?

« Oh, votre fils, comme il est mignon, votre fille, comme elle est jolie ! Comment s'appellent-ils ? »

Tout est à présent malléable à force d'ambiguïté. Ça bouge en lui, tangue en lui. Je suis sûre qu'il a mal au cœur comme sur un bateau. Impossible peut-être de ne pas être dégoûté. Il verse le thé afin de se donner le temps de décider. Nous tournons tous les deux nos cuillers distraitement, hochons la tête comme si nous ressentions ensemble l'urgence de boire le thé chaud. Faire attention à ne pas nous brûler les lèvres – nous approchons simultanément la tasse fumante de nos bouches, soufflons dessus, nous regardons une seconde, suspendons sans l'empêcher tout à fait le sourire qui chahute nos traits, fermons les yeux, dégustons lentement. En nous soutenant l'un l'autre en silence, tout se passe comme si nous comparaissions devant les gendarmes qui nous surveillent, la serveuse qui nous observe. Sans en mesurer l'audace nous révélons ainsi l'existence entre nous d'une complicité cachée qui pour n'être pas sentimentale n'en est pas moins intime. C'est fulgurant éphémère fragile. Chacun reste néanmoins à distance tandis que nos têtes se penchent en un même mouvement afin de conduire nos lèvres jusqu'au bord de la tasse, avaler le liquide brûlant en frémissant de surprise et de plaisir mêlés, sans le deviner véritablement composer de loin l'image d'un couple harmonieux, uni, l'image d'une connivence privée qui se laisse entrevoir le temps rapide d'une collation.

Déjà nous reculons.

18

Qu'est-ce que mon père aurait pensé de tout ça ? De Sacha ? Qu'aurait-il pensé du pirate, du conquistador ? Surtout de la suite des événements ? Cette bourbe, cette vase déversée sur sa fille, par ricochet sur notre famille entière, notre nom. Serait-il venu me voir en prison ? Aurais-je su lui faire comprendre que c'était ça, le bonheur, le seul vrai bonheur – la confiance sans partage, la communion, prendre et donner à n'importe quel prix ?

Quitte à danser sur l'ordure.

Je me cramponne à cette idée, de toutes mes forces, notre idée du bonheur, l'égoïsme inconvenant de notre amour. Pour l'heure j'ai besoin de ressentir que je ne me suis pas fourvoyée, que j'ai assez de force pour ne pas sombrer, ne pas remettre en cause notre histoire, notre couple, que la mort, le bruit, les éclats, le tapage n'ont aucune prise sur moi. Non, non, je dois de toute urgence me rappeler ce que j'aimais en Sacha au-delà de cette vie de plaisirs, de récréation perpétuelle qu'il m'a offerte durant ces six dernières années, ce qui me liait à lui profondément. Son éloquence gouailleuse, sa pureté insolite, son intégrité en amour, sa douceur de père, sa finesse d'amant. Malgré ce qu'on peut en dire aujourd'hui, ce que caquette la rumeur dans les journaux, les salons, malgré cela, je lui reste fidèle. Plus qu'une exigence c'est une urgence. Pour moi n'a-t-il pas dégrossi ce visage sympathique de gentil voyou échappé des fortifs, dont la vulgarité mal dissimulée m'a néanmoins déplu la première fois que je l'ai rencontré, pour celui d'un homme d'affaires qui savait à discrétion se montrer distingué ? Pour moi il a enduit ses cheveux de brillantine, ses lèvres ont minci, la forme de ses yeux est devenue concave. La mélancolie lui allait si bien, à Sacha.

— Voulez-vous que nous commandions à dîner ? Nous n'avons déjà pas déjeuné.

— Cette journée est passée si vite, ma dernière journée…

— Il faut se reposer, demain la journée va être longue encore, pour vous surtout, le train, le retour à Paris.

— Vous savez à quelle heure nous allons arriver ? Qui m'attendra à la gare de Lyon ? Ce qu'ils comptent faire de moi ?

— Ce pourrait bien être l'inspecteur Bonny.

19

J'imagine que l'inspecteur Dorian a dérobé cette sacoche lors d'une perquisition récente.

Ce devait être dans un beau quartier vu la qualité du cuir. Il l'a peut-être conservée au prétexte des documents qu'elle renfermait même s'il n'en avait pas le droit, le savait. En conséquence il y attache désormais une importance particulière.

Un talisman ou un trophée, une belle prise, quoi.

C'est sa force à Dorian comme c'est sans doute celle de Bonny, la force de ceux qui savent que rien ne peut leur arriver, qu'ils sont protégés, bien à l'abri derrière leurs certitudes, leurs serments, la loi surtout, la maîtrise du hasard en tout cas. Tout le contraire de Sacha – le pouvoir sans risque, l'autorité sans danger. Il est du bon côté, l'inspecteur, celui des hommes sains malgré ses airs indociles. Ne vient-il pas de tressaillir ? Non, il est inconcevable que l'inspecteur tressaille devant moi. Ce serait comme se déboutonner. Il n'est pas homme à frémir. Trop carré, trop dense. Ce n'est guère son genre de s'abandonner à des mouvements brefs, incontrôlés. Ce matin au cimetière c'était une fausse impression. J'ai mal interprété son attitude. Il ne s'agissait pas d'émotion. Pourquoi d'ailleurs aurait-il été ému ? Il devait avoir froid avec son écharpe de soirée autour du cou.

Mais que fait-il ?

Il tient la sacoche sur ses genoux comme s'il craignait de l'oublier, fixe un point loin derrière moi. On dirait qu'il vérifie quelque chose tandis qu'il écarte sa tasse, pose la sacoche sur la table, laquelle se dresse entre nous comme un mur symbolique, une palissade qui sépare nos deux mondes. Dans cette salle à manger vide nous sommes comme deux santons dans une crèche, plantés l'un à côté de l'autre en attendant qu'on nous range dans du papier de soie. C'est cela dont il s'assurait sans doute, que personne ne pouvait nous voir, ne nous guettait, que nous n'étions plus que des figurines abandonnées. Une fois de plus je me dis que je suis perdue. Ce n'est plus la peine de lutter. Je vais céder. Mais céder quoi ? Voilà qu'il ouvre la sacoche. Lentement. Je lève sur lui un regard docile, encourageant.

La journée touche à sa fin. La nuit est profonde, la lumière pâle dans les rues de Chamonix où les silhouettes se font rares à l'heure du dîner. Depuis qu'il ne me quitte pas d'une semelle j'ai pu croire que Dorian me protégeait, veillait sur moi plutôt qu'il me surveillait. À présent ce n'est sans doute plus nécessaire. Il peut cesser le théâtre. Peut-être qu'il avait des consignes. Il a l'air content. Il doit se sentir à nouveau en sécurité sous son habit de policier, loin des ambiguïtés, des malentendus. Dépit, rancœur ou amertume, c'est une fureur rentrée, enflée de souffrance qui me pousse maintenant à me raidir sur ma chaise, me cambrer en manipulant ma montre comme si j'attendais quelqu'un qui ne se décidait pas à arriver. Je suis offensée telle une mère qui assisterait lors d'un bal à la débâcle mondaine de sa fille que personne n'invite à danser, une mère dont l'incompréhension le disputerait à la déception. Allez, la fête a assez duré. Mon charme n'agit plus, même pas sur ce modeste inspecteur.

Ce que cache la sacoche ?

En guise de réponse, Dorian en déverrouille la serrure à l'aide d'une petite clef, en sort calmement un revolver.

Ce sourire satisfait qui éclaire maintenant son visage. Ça l'amuse donc ? Eh bien qu'il y vienne. Pas un cri. Rien en moi ne bouge. Après m'être cabrée, voilà que je me tasse. Cette arme est-elle similaire à celle qu'a utilisée Sacha ? Je l'attends, qu'il vienne. Il pose le revolver sur la sacoche, le canon tourné vers moi. Des gestes de butor. Il me fait penser au Gigolo. Son air obstiné, ses narines qui s'ouvrent, se referment bruyamment. Il se penche vers moi, une main sur l'arme, l'autre sur la mienne près de la théière. Je le devine plein de patience, ne dis rien, me contente d'observer ses doigts charnus couchés sur les miens. Je sens que le relief massif de la chevalière de mon père attaque la chair de sa paume. Je suis désorientée, incommodée par ce tableau – le revolver dans sa main droite, mes doigts dans sa main gauche. On dirait que ça l'apaise, Dorian, le soulage de se laisser aller ainsi, afficher une espèce de virilité désespérée. Une arme pour m'en imposer ? Faut-il qu'il se croie en danger ?

Mais aurait-il des remords ? Il semble en effet s'adoucir. La pression de ses doigts s'atténue.

Je me rappelle que le Gigolo avait lui aussi des gestes tendres juste avant de me contraindre. Une sorte de dédommagement par anticipation, du bout de ses doigts tièdes des effleurements répugnants. Je fixais aussitôt le visage sur la grappe de raisin tandis qu'il se couchait sur moi, prenait appui sur ses avant-bras, soufflait dans mon cou comme s'il était soulagé de pouvoir enfin sombrer. À mesure que les secondes s'écoulaient le visage dans la tapisserie devenait grimaçant, ses traits durcissaient, il me faisait peur quand j'aurais voulu à l'inverse, absurdement, qu'il me réconforte. Mes narines se gorgeaient d'une sale odeur d'écume, de vin frelaté sécrétée par la peau, la sueur du Gigolo. Ses tempes, ses joues, son nez, ses lèvres.

Mes yeux sont braqués sur Dorian. L'inspecteur remue sur sa chaise mais sans me lâcher. La main posée sur la mienne recule, s'absente, revient à la sacoche. Je me demande ce qu'il y cache encore. Des menottes ? Il en lève le rabat, glisse sa main dans le cuir, l'enfonce, en retire une enveloppe. M'aurait-il écrit ? Non ! C'est ridicule, tout cela est ridicule. Il me ferait presque de la peine. Cette mise en scène, la sacoche, le revolver. Quelque chose en lui fléchit. Il ouvre l'enveloppe, prend son temps comme s'il hésitait encore. Une lettre ? Je suis honteuse de lui infliger cela, un camouflet. Je n'ai pas envie de le voir défait.

C'est idiot, un malentendu.

20

— Regardez cette photo, s'il vous plaît.

L'enveloppe ne contient que des photographies. Une dizaine de portraits. Celui que l'inspecteur me tend en premier représente Eugène Frot. Une petite photo très nette aux bords dentelés. Je l'ai tout de suite reconnu, me rappelle l'avoir souvent rencontré. Dîners, cocktails, inaugurations, vernissages. Sous la barbiche typique des radicaux-socialistes (un uniforme de poils) l'homme a quelque chose de déplaisant. S'agit-il du plissement inquiétant de la bouche, cette moue disgracieuse, méprisante, qu'on sent comme piégée dans la pulpe de la lèvre inférieure avant que sur le menton la flèche du bouc ne consente à la redresser au dernier moment ? En outre une peau grêlée, des yeux mauvais, des cheveux gras. Tout ce que je déteste.

— Vous le connaissez ?

— Je crois, oui, c'est Eugène Frot, le ministre, n'est-ce pas ?

Je me souviens d'un homme que la rumeur disait manipulateur, comploteur, grand amateur de femmes, de carambouilles, d'intrigues.

— Il était proche de votre mari ?

— Proche, je ne dirais pas cela... Ils se croisaient, fréquentaient les mêmes cercles politiques, je n'en sais pas davantage.

Sans commenter ma réponse Dorian range la photographie dans l'enveloppe, en sort aussitôt une autre.

— Celui-là ?

Un individu d'une soixantaine d'années cette fois avec un grand front, une moustache teintée au cirage, un air avantageux, joli dans sa redingote cintrée, son gilet ceint par un cordon, sur la poitrine toute une quincaillerie d'honneurs, d'insignes, une écharpe tricolore en travers. Il a dans l'allure quelque chose du président Lebrun. Un homme-chrysanthème tout occupé à déposer des gerbes devant les monuments lors des comices agricoles, durant les cérémonies officielles. Un député, un sénateur, un chevalier de la commémoration jamais loin d'un cimetière militaire, d'une tombe de héros, d'une plaque votive, qui aime chaque jour s'avancer d'un pas assuré entre deux rangées de soldats au garde-à-vous.

— Non, ça ne me dit rien. Ils se ressemblent tous, vous savez ! C'est qui ?

Imperturbable, silencieux, Dorian me présente un nouveau portrait.

— Celui-là, Henri Hayotte, je sais que vous le connaissez mais pouvez-vous m'en dire plus ? Quel était son rôle exact auprès de votre mari ?

Épais, court de corps, d'esprit, une face ronde de *putto* ahuri si dénuée d'expression qu'on la dirait peinte sur un masque, collée à même la peau, c'est cela dont je me souviens. Toutefois la photographie que me tend l'inspecteur dément mon souvenir. Si comme d'habitude la face est bouffie, en revanche la moue indolente, le nœud papillon, le chapeau, la pochette, la manière de tenir la cigarette ont quelque chose d'un peu muscadin. Pour une fois plus dandy que séraphin, le jeune Hayotte.

— C'est le gérant officiel de la Compagnie Foncière. Que savez-vous de cette société ?

Je fouille ma mémoire, me rappelle quelques détails qui, j'espère, suffiront à apaiser la curiosité de l'inspecteur.

— Je sais que c'est une société détenue par un ami de Sacha mais j'ignore son nom. Le conseil d'administration compte un ancien préfet de police, je crois, plusieurs conseillers d'État, le général Bardi de Fourtou peut-être, un banquier italien. Sacha ne me disait pas grand-chose de ses affaires, parfois il me racontait une anecdote, citait un nom devant moi, je n'y attachais pas d'importance particulière, j'ai tout oublié.

J'ai pris la photographie d'Hayotte entre mes doigts, la regarde d'abord avec détachement, un détachement qui toutefois ne dure pas. Vite il me semble qu'il me regarde aussi. Comme si nous étions tous les deux hors du monde. Les yeux dans les yeux. Aussi empruntés, désemparés que d'anciens amants que les circonstances s'amusent à réunir des années plus tard par inadvertance dans un autobus ou sur un trottoir. Impossible de s'éviter, de s'enfuir. Ça me submerge, me fait horreur, cette intimité abstraite, cette espèce de familiarité accidentelle. Il faudrait pouvoir se réfugier à l'*extérieur* de la rencontre, fixer un point à la périphérie de la photographie comme je le faisais dans ma chambre à Passy en cramponnant mon regard à une grappe de raisin.

Je ne comprends pas la cause de mon émotion.

Le simple fait d'effleurer le portrait d'Hayotte ravive quelque chose en moi. On dirait qu'une plaie mal cicatrisée saigne à nouveau. Il me faut près d'une minute pour comprendre qu'Hayotte, ses joues glabres, ses cheveux gominés, sa moue canaille, ressemble au Gigolo comme un frère jumeau. Comment ne l'ai-je pas remarqué plus tôt? Je sais que Dorian surprend sur mon visage une expression de bête traquée mais il n'a heureusement pas la volonté de s'en émouvoir. Ça lui donnerait plutôt envie de se comporter en brute, le spectacle inintelligible de ma douleur, en flic intraitable.

Je sens qu'il est las, déçu sans savoir de quoi. Il range l'enveloppe dans la sacoche mais pas le revolver. Son attitude, ses gestes sont pleins de détermination comme s'ils voulaient me persuader qu'il n'est pas une mauviette, l'un de ces tendrons démunis qui se noient dans les yeux d'une femme. Dès que Dorian se détourne de moi nos regards se mettent à fureter, se cherchent en craignant de se trouver. Si durant la journée il est arrivé à plusieurs reprises que, souffrant de la même hésitation, nous soyons néanmoins parvenus à nous en affranchir ensemble avec un certain bonheur, nous savons tous les deux que cette fois-ci la magie n'opérera plus.

Ce vacillement est définitif.

Dorian joue avec le revolver afin de se donner une contenance, le prend dans sa main, le repose, caresse le barillet avant de le faire pivoter. On dirait qu'il s'apprête à mettre en joue un adversaire au fond de la salle à manger.

— C'est votre arme de service ?

Je fais semblant de m'intéresser au revolver.

— Ça ? C'est une longue histoire, je me le suis procuré lors de ma mobilisation, c'est un Lebel. En principe seuls les officiers en étaient équipés, je ne l'ai pas rendu.

Il me tend l'arme, m'invite à en éprouver le poids, la forme, faire l'expérience de sa possession.

— Il vous a porté chance pendant la guerre ?

— Chance ? Je ne sais pas.

— C'est grâce à lui peut-être que vous en êtes revenu vivant ?

Nous nous animons quelques secondes.

— C'est difficile à dire, à la guerre on tire au hasard, on ne sait pas bien ce qu'on fait, on veut survivre, tout le monde se bat pour survivre.

Puis :

— Faites attention, il est chargé.

Je lui rends le revolver. L'animation retombe. Une fatigue irrésistible nous absorbe. Nous nous raclons la gorge, raclons en même temps au fond de nous-mêmes. Ce que nous disons, les mots que nous essayons de prononcer sont maintenant tout enveloppés d'humeurs secrètes.

Malgré nous une expression de dégoût, de déception nous mord le visage, nous enlaidit.

TROISIÈME PARTIE

6 février 1934

1

C'est une nuit sombre qui sent la pluie, la sueur de cheval.

On entend des bruits de cloches, de clairons, des cliquetis, des raclements de sabots, des battements de pieds à ras de terre, des hurlements. Du côté des Tuileries, vers la Seine, des nuées blanc et noir montent des arbres, s'élèvent des toits. La nuit navigue au-dessus de cette brume panachée avec des lenteurs animales. Pour sûr une vigueur épaisse fermente sous les fumées. Ne se bat-on pas à l'Hôtel de Ville, à la Madeleine, aux Champs-Élysées ?

— Tous à la Concorde ! hurle la rumeur. Tous à la Concorde !

Puis :

— À l'Assemblée ! À bas les voleurs ! Démission !

Partout le long des murs, entre les pavés, dans les nids-de-poule au milieu de la chaussée, les ornières, garnissant les caniveaux, partout on découvre un arsenal de bannières, de banderoles lacérées, de drapeaux tailladés. Où que porte l'œil ce ne sont que chaussures esseulées, chapeaux fripés, écharpes déchirées, gants en lambeaux, parapluies en morceaux. C'est un musée d'empreintes désolées qui témoigne ici du récent passage des cortèges, des cortèges dispersés plusieurs fois durant l'après-midi à coups de crosses de fusil, de sabres, de matraques mais qui au fil des heures se sont toujours recomposés. Au pied de l'obélisque un grand incendie a éclaté. On a renversé un autobus. Chaviré sur le dos, vitres éclatées, il est sens dessus dessous tel un gros insecte culbuté dont les pattes seraient en flammes. Autour de lui des lueurs rouges dansent, palpitent. Ça brûle, ça pique.

Au bout de la rue de Rivoli un barrage protège l'entrée de la place de la Concorde. Plusieurs centaines de manifestants piétinent devant trois cordons de policiers effrayés qui, les bras soudés en anneaux autour des coudes de leurs voisins, s'efforcent de former un long collier humain en tressant leurs rangs les uns avec les autres. On devine que les cœurs frappent fort dans les poitrines. Les manifestants insistent, appuient, poussent, repoussent mais le barrage ne cède pas. Des feux brusques s'élancent subitement sans qu'on sache d'où ils viennent, embrasent la nuit tout emmaillotée de brouillard.

— Ils vont tirer ! Ils vont tirer !

La foule surprise se met à courir, elle bondit en décampant au plus vite, s'égare pour se retrouver, hagarde, épuisée, quelques mètres plus loin.

— Ils n'ont pas osé, ils n'oseront pas !

Une haleine opaque, grise embue les manifestants mais ne les décourage pas. Quelque chose descend là-bas sur les Champs-Élysées d'une façon peu ordinaire. Ça tressaille, s'affale entre les Chevaux de Marly *dont les palefreniers de marbre occupés à les fléchir tandis qu'ils se rebiffent semblent de mèche avec les policiers, leur vigueur asservissante. Ça remonte, se déplace, circule au-dessus de la foule, disparaît derrière le Crillon, réapparaît devant l'hôtel de la Marine. À l'extrémité du cours la Reine on dirait qu'une langue noire pend du ciel, salive sur les émeutiers.*

2

Là où les arcades s'achèvent, au coin des rues de Rivoli et Saint-Florentin, l'inspecteur Max Dorian armé d'une matraque regarde la foule qui essaie de se frayer un passage. Lui vient par saccades comme une odeur de cendres. De la place s'élèvent ensemble des hennissements, des piaffements. Chevaux qui halètent, hommes qui hurlent. Il se dit que le grondement de la rumeur ressemble au vacarme du marteau qui bat le fer, fait en cadence sonner l'enclume. Ses yeux sont las. Il a la tête pleine de questions, la main pleine de réponses. Qui suivre ? Où aller ? Il songe qu'une nuit comme celle-là n'a pas de chair. C'est comme si on voyait le monde à travers une vitre. Il repousse le bloom sur son front, cale la matraque sous son aisselle, de ses poings s'essuie les yeux. Les vapeurs, le brouillard, la pluie. Autour de lui on crie :

— À bas les voleurs ! Démission !

Chaque fois que la foule essaie de déchirer le rempart policier elle se blesse, se mutile. Devant l'œil de Max Dorian flottent alors des images de lutte, de baroud qu'il croyait avoir enfouies au fond de sa mémoire. Des armes pointées dans la nuit, des uniformes qui moutonnent au plein des chemins, des blessés qu'on abandonne, brisés, désossés à même le sol, du sang dans les oreilles, la bouche. Qui aurait pu croire que l'affaire Stavisky provoquerait de tels remous ? Ils sont nombreux dans la ville, le pays, à ne plus rien attendre d'un nouveau ministère radical-socialiste dont plus tard, bientôt, on apprendra les turpitudes morales dans la presse. Malversations d'un obscur secrétaire d'État possédant des bons hongrois, trafic d'influence d'un autre ayant égaré de vieux talons de chèque bayonnais, rapine financière d'un troisième, corruption d'un quatrième.

Max Dorian a les yeux malades de sueur. Courir, empêcher, bousculer. Il contemple les manifestants de son regard volontaire. Mâchoire serrée. Il ne se sent pas capable d'en faire davantage. Les apparences, le théâtre, chacun dans son rôle. La silhouette gracieuse, élégante d'Arlette Stavisky traverse son esprit tandis qu'il remarque qu'il n'y a pas une seule femme parmi les émeutiers. Une insurrection c'est comme la guerre, se dit-il, une affaire d'hommes. Il se demande pour quelle raison il ne s'estime pas plus légitime pour enquêter sur le scandale Stavisky, ses prolongements politiques, en considérer les détails intimes, les causes profondes, que pour entreprendre d'en réprimer les effets avec son bâton d'acajou. La peur ? L'âge, déjà ? Mais les hommes qu'il croise ce soir ont pour la plupart le même âge que lui, ont servi dans la même armée, les mêmes unités. Pourtant eux ne semblent pas résignés. Serait-ce qu'il ne leur ressemble pas assez pour désirer les épargner mais trop encore pour concevoir de les combattre ? Éprouve-t-il plutôt une fascination inexplicable pour ceux dont il devrait se méfier ? Ce fleuve d'individus flageolants, la gorge râpée à force de cris, le poing douloureux à force de coups, cette femme hautaine quoique trop sensible pour être tout à fait dangereuse ?

Il se souvient d'une chose singulière qui s'est produite dans le train qui les ramenait de Chamonix, Arlette Stavisky et lui. Alors que depuis quelques instants le tableau s'imposait, triste et épais, d'une banlieue prostrée annonçant l'arrivée imminente à la gare de Lyon, Arlette Stavisky s'est levée. Il a pensé qu'elle allait rassembler ses affaires, enfiler son manteau, remettre son chapeau. Au lieu de quoi elle s'est approchée de lui, s'est assise là contre sa cuisse sans rien dire, en regardant droit devant elle, les yeux dans le vide. Il a aussitôt songé à la solitude extrême qui l'attendait, l'oubli qu'on lui promettait, la réprobation unanime qui comme une gale lui rongerait les joues, la bouche, jour après jour, effacerait jeunesse, beauté, distinction, mystère. Il se rappelle avoir senti bouillir une vie folle au creux de ses reins, une vie qui s'échauffait comme de l'eau sur le feu. Il n'en est pas certain mais il croit qu'il s'est endormi, le temps de rêver qu'il l'avait, cette femme assise contre lui, qu'il bouleversait à pleines mains sa chair blanche, des genoux à la poitrine. Puis il a repris conscience à la façon d'un bout de bois qui, après qu'on l'a plongé dans l'eau, se cabre en remontant à la surface. On annonçait Paris.

— À bas les voleurs ! À la Seine !

Pour sûr les émeutiers la haïssent, Arlette Stavisky, ils la haïssent avec autant d'ardeur qu'ils l'ont convoitée en reluquant durant des années ses nombreux portraits dans les journaux, les magazines.

C'est qu'on ne peut pas être d'une sorte dans le désir, d'une autre dans le dégoût.

Une femme comme elle, il est peut-être dans l'ordre des choses de la confondre avec le milieu qui lui a donné vie. Elle en est le prolongement naturel, l'extension biologique telle une plante sauvage, une source qui jaillit des plis de la terre. Tantôt on la célèbre, ses couleurs, sa fraîcheur, tantôt on la dénigre, ses poisons, ses dangers. Pour ceux qui ce soir veulent renverser la table, elle appartient au grand tout, Arlette Stavisky, à la ronde synthèse des jouisseurs, des noceurs, des voleurs, des profiteurs. Mais Max Dorian s'obstine. Non, ce souvenir d'elle dans le train c'est au fond de lui comme une poche de liquide qui ballotte à la mesure de son pas, ça le remue, le cahote, l'emporte au-delà.

Avec un soulagement nonchalant Dorian tourne alors le dos à la foule. Il démissionne, abandonne, passe la main. Ses yeux se mettent à fouiller la rue, la ligne droite de la rue de Rivoli le long des Tuileries jusqu'au fond de la perspective, jusqu'à l'horizon s'il pouvait. Trouver un refuge. Il en a assez de la nuit, de la haine. D'un coup sec il jette sa matraque dans un caniveau, baisse son chapeau sur son visage, s'éloigne en traînant les pieds.

3

Le barrage de la rue de Rivoli, le dernier qui tenait encore, a cédé d'un seul coup. Front en avant les manifestants coulent entre les pèlerines telle une rivière qu'on libère. Ils surgissent tonitruants d'entre les gardes mobiles, frappent au hasard les derniers gendarmes qui, plus lents à s'écarter, se dressent encore devant eux, ils longent et frottent ensemble contre les murs des bâtiments qui bordent la place de la Concorde. Ils se mélangent dans une même clameur, une étreinte qui les fusionne en les étouffant.

— À bas les voleurs ! À la Seine !

Un grondement sourd monte des Champs-Élysées, des Tuileries, du cours la Reine. Des cortèges ininterrompus se déversent sur l'esplanade comme le sang des veines dans le cœur. Ils pulsent, palpitent de haine et d'impatience. Une colonne apparaît au coin de la rue Royale. On aperçoit d'abord le museau plat et noir d'un véhicule de gendarmerie, dans son sillage les ombres à deux têtes des cavaliers d'un escadron de gardes à cheval. Ça hennit, ça piétine. S'ensuit un lent défilé miroitant dans la pénombre, sabres et casques, un défilé de picadors qui s'achève en entraînant derrière lui, comme surgies des Enfers, quelques charrettes bâchées où bombent des mitrailleuses. Les cavaliers s'engagent sur le côté de la place, longent les pavillons de l'Orangerie. Ils sont dressés sur leur selle, le pied engagé à fond dans l'étrier, le fauchon à l'épaule, l'uniforme impeccable, ils sont frais, immenses dans la lumière des incendies, et calmes. Les phares du véhicule de gendarmerie qui les précède semblent trembler sous la pluie. Leurs rayons, dilatés d'humidité, se répandent sur les pavés avec une amplitude extravagante. Ici, tout paraît plus grand.

Max Dorian s'est retourné, il entend les cris de la foule. Il revient sur ses pas. Il se faufile entre les manifestants dont le flot serré l'emporte presque malgré lui sur la place.

Vers 18 heures, rue des Saussaies, on les a rassemblés. Commissaires, inspecteurs, supplétifs de la Sûreté générale. Ils ont reçu l'ordre de rejoindre la Concorde.

« Prêter main-forte à la République, disaient les huiles du ministère de l'Intérieur, observer le cas échéant les factieux à l'ouvrage, les arrêter, défendre le pays, quoi, assurer l'ordre public. »

Une fois de plus ! Où sont passés les autres policiers de la Sûreté générale ? Comme lui se sont-ils abîmés dans la foule, immergés dans l'émeute ? Max Dorian est seul avec ses souvenirs, ses fidélités, ses faiblesses, ses fatigues.

Surgis de la rue Boissy-d'Anglas une centaine de gardes mobiles s'avancent. Ils courent deux ou trois pas, marchent deux ou trois pas en frappant de leur poing la crosse vernie de leur fusil puis ils recommencent à courir et se remettent bientôt à marcher en fouettant leurs armes. Une charge cadencée afin de disperser la foule, l'effrayer en vue de la convaincre de s'éparpiller plutôt que de se regrouper au centre de la place écrasée de pluie où des milliers d'épaules, de têtes s'entassent en désordre. Les manifestants ayant réussi à enfoncer le cordon policier de la rue de Rivoli se précipitent, se heurtent à une énorme masse humaine, indifférenciée. Ils sont d'abord comme l'eau qu'on verse sur l'huile puis par miracle le mélange se fait, la foule les absorbe, les digère.

Max Dorian s'efforce de les suivre. La pluie redouble. Il les perd de vue. Devant lui une cavalerie empanachée, des gardes républicains, le dernier régiment monté de Paris, contourne les fontaines en ordre de parade. À l'arrière du détachement un cheval tire poussivement une pièce d'artillerie qui bringuebale sur le relief irrégulier des pavés.

— Les salauds !

À quelques mètres de l'inspecteur un homme armé d'une hache, des médailles plein le torse, brassard des Croix-de-Feu au coude, observe, médusé, la procession des chevaux.

— Les salauds ! C'est comme ça qu'ils nous remercient !

« Quelle guigne que ces anciens combattants ! » songe Dorian qui s'en veut d'en être un. Il y en a partout de ces satanés biffins ! La France est un hospice de carapatins, de cocardiers, de culottes de peau ! Dès qu'on ouvre une porte une palanquée de fifrelins en jaillit sans tarder, calot sur le crâne, le jabot tout enflé d'accroche-cœurs, des bananes argentées au côté, des drapeaux plein les mains. Ça exige, ça enjoint ! On leur devrait tout, aux briscards ! Des pensions, des égards, des postes !

— Qu'est-ce que vous comptez faire avec cette hache ?

L'homme relève la manche de sa veste, déboutonne son poignet de chemise, tend son bras gauche. Une main de cuir bourgeonne à son extrémité. Il l'arrache, la lui jette au visage.

— Pardi, leur rendre la pareille !

4

D'étranges scintillements jalonnent la place de la Concorde tandis que de gigantesques ombres dansent sur la façade du palais Bourbon. Halos de feu. Les fantômes aussi se révoltent. Des lampadaires, des enseignes, des autobus et même le rez-de-chaussée du ministère de la Marine sont en flammes. On distingue plusieurs brasiers près de l'Orangerie. On se bat sur les terrasses des Tuileries, sur les quais, en bas des Champs-Élysées, avenue Gabriel. La manœuvre des gardes mobiles a échoué. Dans la nuit, la foule opaque se déplace en vagues sombres vers le pont de la Concorde. C'est comme une grande marée qui monte à l'assaut d'une falaise. Devant l'Assemblée plusieurs barrages attendent les émeutiers. La République ne se laisse pas impressionner comme ça. Armes aux pieds, baudriers ajustés, crânes casqués, on se promet d'empêcher les factieux de franchir la Seine. Sous la jugulaire luisent, pleins d'alcool et de défi, les yeux des hommes jusqu'au fond de la troupe. De loin on dirait des pierres phosphorescentes. Derrière le rideau étincelant des casques deux régiments de cavaliers et des camions militaires disposés en quinconce. L'espace entre les manifestants et la police, quelques mètres, est jonché de débris, d'éclats de verre. Moitié peur, moitié soif d'en découdre, des deux côtés du fleuve on se donne du courage, fourbit ses armes. Sabres, matraques et fusils contre pavés, troncs d'arbre, plaques d'égout, boulets de charbon et morceaux de grilles en fonte. Certains manifestants s'échangent des lames de rasoir et les plantent au bout de leurs cannes en vue de l'assaut. Ils murmurent que sur le quai d'Orsay il y a des mitrailleuses cachées sous les arbres, que les fusils qui pointent sont à balle retournée, comme à la guerre. Des barricades se dressent pêle-mêle au milieu de la place, piètres obstacles suspendus entre deux nuages, sans flancs où prendre appui tels des galets isolés dans le lit d'un torrent. Par endroits on distingue des gendarmes voltigeurs en avant-garde qui vont au contact afin de les renverser, font machine arrière sous les injures.

— Voleurs ! Démission ! À bas les voleurs ! À la Seine !

Quand ceux-là rentrent se mettre à l'abri derrière les camions pour reprendre leurs esprits avant d'y retourner ils s'alignent sans y penser. Les pierres noires d'un mur régulier sur lesquelles cailloux, pavés et bouteilles ne cessent de fondre. Lors de courts répits on les voit s'éponger le front, paumes ouvertes. Parfois il y en a un qui secoue ses mains devant lui comme s'il voulait les sécher et l'on distingue alors qu'elles sont rouges de sang. Il arrive, après une pétarade, une charge repoussée ou un cheval qui s'écroule après avoir roulé sur un tapis de billes éparpillées par les émeutiers, il arrive qu'une Marseillaise *hargneuse s'élance du champ humain comme une volée de moineaux un jour de chasse.*

5

Un groupe d'une vingtaine d'individus se détache pour essayer de traverser la Seine en contrebas. Ils sont jeunes, beaucoup plus jeunes que Dorian. Des Camelots du roi, des étudiants de chez Maurras. Le rayon d'un projecteur tout à coup les éclabousse. Ils refluent vite, cherchent un creux noir où la lumière ne pourra pas les poursuivre. L'un d'entre eux, plus téméraire, s'est engagé sous une voûte qu'il gravit bientôt. Ses mains s'accrochent au rebord du pont, il essaie de progresser, jambes en l'air au-dessus du fleuve, avant sans doute de se rétablir d'un coup de reins pour tenter de désorganiser le premier barrage. Sur ses épaules il porte un sac qu'on devine rempli de projectiles. Des membres des Jeunesses Patriotes, au physique non moins adolescent, les cheveux en bataille, les joues rouges et le sourire triomphant, un peu niais que la violence imprime souvent au visage de ceux qui y cèdent pour la première fois, attaquent les gendarmes à coups de fourches, de faux, de faucilles, tout un équipement pastoral aussi inattendu ici que redoutable. Le pont est lourd de policiers épouvantés, il en plie. Nul n'entend le timbre enroué d'un clairon qui sonne les sommations. Malgré la pluie ils sont séchés de peur. Pétrifiés. Puis, d'un coup, ils se mettent tous à courir devant les chevaux qui les chargent, sous la menace des sabres qui taillent autour d'eux des tranches d'air froid. Ils heurtent des hommes tombés à terre, le crâne fendu, la poitrine trouée, courent encore, se relèvent, marchent sur les morts, les écrasent. Ils ont compris.

— Ça tire ! Ça tire !

6

Un vieillard est couché sur le corps de son fils, lui parle d'une grosse voix essoufflée. On cherche à l'entraîner, le convaincre de se mettre à l'abri. Les tirs reprennent, nourris, touffus mais le vieillard ne bouge pas. Son fils paraît noir déjà sur le pavé trempé, son œil ouvert, plein de stupeur, est gros comme un poing et de ses lèvres s'écoule une bave rouge épaisse, on dirait du miel, qui sur sa poitrine se mélange au ruban écarlate d'une Légion d'honneur. À quelques mètres de lui un jeune homme est stoppé net dans sa course. Il ouvre la bouche comme s'il allait crier, la tient un moment béante sans qu'aucun son n'en franchisse le seuil puis paraît se raviser, la referme tandis que son menton s'embarbouille de mousse, que ses genoux fléchissent. Néanmoins il parvient à se redresser, c'est qu'il veut défier cette méchante humeur d'un jaune de chandelle qui déjà lui envahit l'œil, déjouer ce dont augure peut-être l'agitation de ses bras, de ses jambes. Il a soif, quémande de l'eau. Un badaud s'approche en courbant le dos, accroupi lui tend sa flasque de cognac.

— Où ça te fait mal ?

— Quoi ? Non, je n'ai pas mal.

Débarrassé de son cavalier un cheval au galop se précipite sur eux lorsque soudain atteint d'une balle perdue il se cabre juste avant de les heurter, retombe pesamment, tape du fer contre le pavé, hennit follement et s'effondre en douceur, sa lourde tête près du bras du jeune homme.

— Il a son compte, hein ?

Un convoi de fourgons bâchés s'avance sur la place de la Concorde désormais presque vide. On range déjà les couverts ! La ripaille est finie ! Des gardes mobiles tout frais, nul ne sait d'où ils sortent, de quel repaire, marchent en rangs serrés comme s'ils voulaient balayer les lieux de leurs croquenots ferrés. Un véhicule léger les contourne, les dépasse. C'est une ambulance de la Croix-Rouge aux portières ouvertes par où l'on discerne, qui oscillent comme des fanons, les souliers des blessés allongés. Elle s'arrête à la hauteur du jeune homme et du badaud qui lui a fait signe. Deux infirmiers en sautent avec une civière. Le badaud se relève, abandonne sa flasque entre les doigts raides du jeune homme et rejoint près du Crillon un groupe de manifestants hébétés mais impatients d'y retourner.

— Cent morts, à ce qu'on dit ! Et ce n'est pas fini, je vous dis !

Ils n'ont pas fait un pas en avant que déjà une nouvelle salve mâche la nuit de ses plombs. Les corps s'affaissent, morts et vifs. Les nerfs se tendent, un bras se lève sous la pluie noire avec dans la main un petit mouchoir blanc.

7

Max Dorian court sur le trottoir de la rue Boissy-d'Anglas, il soutient son bras droit, de sa main gauche essaie de comprimer ce trou au coude par où le sang se répand en giclées régulières.

Plus il court plus ça gicle, imprègne sa veste, coule jusqu'à son pantalon, suit la jambe, laisse derrière lui une longue broderie de petites gouttes carminées. Il court, il a la sensation de se vider, que l'air humide entre en lui par ce trou, qu'il n'est plus tout à fait entier, tout à fait hermétique à la nuit saturée de pluie, de fumée, de gaz, la nuit qui se referme sur lui. Il se dit que si cette journée de chaos, de feu, de poudre, de sang doit durer jusqu'à l'aube il va s'y perdre, s'y mélanger, lui Max Dorian, lui sa chair, son sang, s'y fondre comme du sucre dans l'eau. Les gardes mobiles progressent dans son dos, il entend le martèlement cadencé de leurs pas, leurs vociférations, le bruit aussi des paumes frappant la crosse des mousquetons. Où se cacher ? Il court autant qu'il peut. Tout se ligue contre lui. Son pied ne reconnaît plus les pavés, le bord du trottoir, il trébuche, s'affale. Il pleure en regardant son coude troué par où dégoutte encore du sang. Du sang noir, croit-il. Son visage se creuse, l'épuisement accentue autour de sa bouche, de son front, les grands sillons amers des anciennes douleurs. Il se relève, avance de quelques pas. À l'instant où le talon en fer d'une crosse de fusil heurte son crâne il tressaille, s'écroule, sombre. On dirait qu'il essaie quelques secondes de porter sa tête entre ses mains. Il finit par s'agenouiller comme s'il priait. Sa tête est posée dans le caniveau comme une chose morte. Puis il tombe tout à fait.

Ses jambes s'écartent à petits coups douloureux, des soubresauts.

2 mars 1934

1

Les déclics, le bruit carillonnant des clefs, des verrous qu'on ouvre, referme, le son des semelles ferrées des gardiens qui grincent sur le ciment des marches, tout cela vibre en moi, résonne comme une sentence. L'annonce du silence de la solitude qui m'attend. Je me dis que c'est toujours étonnant, d'une certaine façon reposant, quand une fois enclenchées les choses se déroulent comme on l'a prévu avec la précision d'un mécanisme d'horlogerie, quand elles ressemblent aux étapes d'un rituel mystérieux qui traverserait le temps, quand la vie demeure indifférente aux événements, aux sentiments, que rien ne paraît en mesure de contrarier sa volonté, qu'on n'a pas d'autre choix que de s'y soumettre. Il n'a suffi que de cette impulsion, quelques jours plus tôt, l'arrestation à Bayonne de Tissier, afin que l'engrenage infernal se mette en mouvement, que le château de cartes s'écroule. Alors oui, la mort de Sacha, le voyage à Chamonix, l'interrogatoire éprouvant de Pierre Bonny, le cabinet du juge, enfin l'inculpation officielle, alors oui, tout cela était écrit d'avance.

À la porte de la Petite Roquette, juste après le départ de mon avocat, maître Moro-Giafferi (le célèbre défenseur de la bande à Bonnot, de Landru, le représentant préféré des délinquants pittoresques que m'a recommandé le président Paul-Boncour en souvenir de l'amitié qui le liait avant-guerre à mon père), je comprends que les rouages s'imbriquent parfaitement les uns dans les autres. Je n'ai plus qu'à me laisser guider, broyer sous leurs dents. Il y a d'abord la froideur géométrique d'une petite cour où le soleil ne pénètre jamais puis la pénombre du vestibule de la prison à peine troublée par un alignement de néons jaunes. Il y a les murs noirs de suie, humides, les épaisses murailles qui se dressent devant moi, pèsent sur mes épaules comme pour me convaincre de plonger tête baissée vers le greffe où une voix étouffée sourd d'une sorte de moucharabieh encastré dans la pierre. Le grillage est si massif que je ne parviens pas à discerner le visage de celui qui m'intime l'ordre d'appliquer l'un après l'autre le bout de mes doigts tachés d'encre sur une fiche d'identité vierge glissée dans un guichet. Puis très vite (pas le temps de s'essuyer les doigts, pas de chiffon ou de brosse à cet effet) on me presse, me pousse. Les mains souillées en l'air comme si on me menaçait d'une arme c'est presque en courant que je pénètre dans le bureau suivant, là où on me remet une petite boîte en carton sur laquelle sont inscrits mon nom de jeune fille, Arlette Simon, ma date de naissance, un numéro de matricule. Une voix sans visage encore :

— Vous êtes le numéro 48.

Apparue d'entre les murs une surveillante de gris vêtue, sans âge, avec un regard éteint, se présente devant moi.

— Je vous accompagne.

Tandis que je marche devant elle je sens sur ma nuque le regard fixe et lourd de la surveillante. Malgré cela je m'efforce d'inspecter les lieux avec une curiosité indifférente, m'étonne en silence de tel détail, telle petite chose sans intérêt. La couleur charbonnée des murs, l'irrégularité du carrelage sur lequel achoppent mes escarpins, la laideur de la matonne qui m'attend en haut d'une chaire. Aux trois quarts dissimulée par une huche, le registre d'écrou à la main celle-ci m'observe avec autant d'exaspération que de mépris lorsque j'approche.

— Signez là, en bas du formulaire, attendez qu'on vous appelle.

Je m'exécute, esquisse un sourire que retient la peur d'importuner l'imposante geôlière, redescends de la chaire. La surveillante grise me désigne une chaise placée à côté d'une porte fermée.

2

— 48 !

Je me lève immédiatement, ignore ce qu'on attend de moi, veux bien faire, hésite comme si la réponse à mes questions se trouvait affichée sur les murs, jusqu'à ce qu'une porte latérale s'ouvre sur une nouvelle surveillante, plus jeune, qui me fait signe d'entrer. Elle serait presque jolie sans ses cheveux ras qui lui font l'allure bagnarde. Voix rauque :

— Déshabillez-vous !

Il fait très froid dans cette salle sans fenêtres avec pour seul mobilier une table en fer, le long des murs une centaine de casiers métalliques tous identiques, du sol au plafond. On dirait un crématorium. Obéissante je me défais de mes bijoux, mon alliance, la chevalière de mon père, ôte mon chapeau, mon manteau, ma veste de tailleur, mon chemisier de soie noire, retire ma jupe, mes chaussures, mes bas, dégrafe ma gaine, regroupe mes effets, les dépose en tas sur la table. Puis je me redresse, fais face à la surveillante aux cheveux ras qui patiente, bras croisés, air indifférent.

— Je vous ai dit de vous déshabiller !

— Mes sous-vêtements aussi, vous voulez dire ?

La surveillante hausse les épaules, se saisit du manteau afin d'en palper les ourlets, les coutures, le moindre pli de la doublure du vêtement, le repose sur la table, recommence avec la veste, la jupe du tailleur. Les minutes passent sans qu'elle prête attention à moi qui me dandine, nue, frigorifiée, un bras sur la poitrine, une main sur le ventre, moi qui parais danser tandis que j'essaie de limiter le contact du carrelage glacial avec la plante de mes pieds. Mon courage a disparu, il n'en reste plus que quelques traces très vagues, une certaine ironie qui peine à ne pas s'éteindre tout à fait lorsque la surveillante extrait un tabouret de sous la table.

— Posez un pied là-dessus. Toussez ! Très fort, plusieurs fois !

Il faut que je prenne du recul. Pour ne pas sombrer je dois mettre de la distance, m'évader de cette salle froide, ne pas percevoir, surtout ne rien deviner du regard de la surveillante accroupie derrière moi, ses doigts rêches pleins de griffes qui m'ouvrent sans ménagement. Ne pas me souvenir, ne pas confondre. Ces mains qui me déverrouillent sont sans désir, suivent un protocole, c'est sans doute inscrit dans le règlement de la prison. La surveillante n'a pas de volonté, de convoitise. Elle obéit aux ordres. Je dois plutôt me rappeler tous ceux dont autrefois les yeux ardents se jetaient sur mon image dès que j'apparaissais en première page d'un journal de mode, photographiée sur la Croisette après avoir reçu un prix lors d'un concours d'élégance ou sur la couverture d'un magazine mondain en compagnie d'un ambassadeur, d'un ministre ou d'une vedette du music-hall. Vêtements de grands couturiers, robes de soirée, teint éclatant, bijoux scintillants. Le verso théâtral complexe de cette nudité crue que la surveillante aux cheveux ras fouille en maugréant. Je dois me transporter plus loin encore, au-delà même de cette vie révolue qui n'était que camouflage, grimage, maquillage, très loin aussi de cette femme jeune, hostile et rude, aux traits fins, qui sur moi pointe un index à l'ongle blessant, ne m'adresse la parole que pour m'humilier.

— Si vous n'y mettez pas du vôtre, je vais aller chercher un miroir, vous savez !

Mes habits, mes bracelets, mes bagues sont maintenant rangés dans l'un des casiers métalliques. Dessus, disposée dans un porte-adresse en ferraille, une étiquette avec mon numéro de matricule.

— On vous les rendra quand vous partirez.

La surveillante me présente mon trousseau de détenue. Une méchante grimace (plaisir ou inquiétude ?) l'enlaidit tout à coup.

— Ce n'est pas tout à fait la même camelote, ma belle !

Une couverture mitée qui sent la naphtaline, le tabac, quatre chemises de toile bise, deux soutiens-gorge défraîchis, deux culottes élimées, une longue robe de bure marron à rayures beiges, une blouse de laine grise, un tablier de toile bleue, trois paires de chaussettes hautes, des sabots, des sandales en cuir mou, un bonnet de coton blanc. J'enfile ma tenue de prisonnière sous l'œil narquois de la surveillante. Les rayures sont sur moi comme des ratures, elles me biffent du monde.

— N'oubliez pas le bonnet !

J'entre au couvent. Robe de bure, bonnet blanc. Une chance qu'on ne m'ait pas rasé les cheveux. Quels pourraient être mes vœux ? En découvrant plusieurs bonnes sœurs qui traversent le greffe, vont, viennent au milieu des surveillantes, je me rappelle cette très jeune religieuse, sœur Amélie, qui a accompagné Sacha jusqu'à la fin. Je me sens redevable, coupable vis-à-vis d'elle mais sans savoir de quoi sinon d'avoir trop aimé Sacha, la vie qu'il m'a offerte, les plaisirs, le confort, l'abondance, coupable sans doute de ne pas avoir prêté attention à leur indécence. Peut-être que c'est ça qu'on veut me faire payer, l'indécence du bonheur après la grande boucherie. Comment rivaliser avec l'austérité pudique de sœur Amélie, son harmonie morale avec l'époque, le deuil profond du pays ? N'est-il pas plus facile à un chameau de passer par le chas d'une aiguille qu'à un riche d'entrer dans le royaume de Dieu ?

— On va vous mener à votre cellule.

J'attends. J'ai la sensation qu'autour de moi l'espace rétrécit. Les murs se rapprochent comme pour m'étouffer. L'air devient inconsistant, léger. J'aperçois un cafard qui court entre les casiers, me souviens avec une certaine tendresse des efforts touchants de l'inspecteur Dorian afin de ne pas me révéler la présence de l'insecte qui dans la salle à manger du Chalet des Pèlerins s'était mis à l'abri sous sa sacoche après avoir cheminé entre mes pieds. Je n'ai pas pensé à Dorian depuis qu'en revenant de Chamonix il s'est effacé très vite sur le quai de la gare. Comme il l'avait prévu, Pierre Bonny m'attendait avec deux policiers de la Sûreté générale. Au moment de disparaître Dorian m'a regardée. Ses lèvres ont bougé mais aucun son n'en est sorti. Il m'a fait un signe d'adieu, un poing porté au cœur m'a-t-il semblé, avant que la foule ne l'avale aussitôt. Il est désormais dans ma mémoire comme une espèce de tuteur bienveillant qui m'a réconfortée quand j'en avais besoin. Autant que les circonstances le permettaient. À présent je repousse cela. Tout tourne au-dessus de moi. Les astres bougent, les cieux sont noirs. J'ai le vertige, voudrais me reposer.

— Ne pourrais-je pas m'asseoir un instant sur le tabouret, s'il vous plaît ?

— Vous allez avoir des années pour vous reposer, ma belle, allongée bien au chaud dans votre cellule ! Soyez patiente, que diable !

3

C'est en m'engageant sur la passerelle qui relie le greffe à la division de la prison où se trouve ma cellule que j'entends pour la première fois fuser les injures, les insultes.

— La pute à Stavisky ! Regardez qui va là ! La pute à Stavisky !

Je ne comprends pas d'où ça vient, m'arrête afin de mieux observer les lieux. L'hexagone carcéral dont je devine autour de moi la présence à la disposition régulière de six coursives suspendues au-dessus du vide tels des ponts de singe métalliques, des coursives qui rejoignent une étrange tour de style moyenâgeux située au centre de l'édifice. Tandis que la bonne sœur chargée de me conduire, d'une pression légère sur l'épaule, m'invite à reprendre mon chemin je distingue enfin, crispées sur les barreaux des fenêtres intérieures qui plongent sur la passerelle, des dizaines de mains exsangues derrière lesquelles, forcenées, les détenues se pressent en vociférant.

— La pute à Stavisky ! La pute à Stavisky !

On me guette, m'attend, me hait.

Elles pensent toutes, les prisonnières, que je n'ai rien enduré de bien douloureux, n'ai d'autre expérience que celle du luxe, du faste, n'ai jamais porté que des robes de couturier, des bijoux de prix, n'ai jamais accompli que des voyages princiers, à New York, Londres ou Barcelone, des croisières extraordinaires sur des bateaux de rêve, n'ai jamais roulé que dans des voitures de collection. Les journaux, les photographies, la rumeur les ont instruites. Elles connaissent mon histoire. Pour elles qui viennent des faubourgs pauvres, de la campagne, qui sont voleuses, prostituées, meurtrières d'enfants ou avorteuses, pour elles qui n'ont connu que le crime, les viols, la misère, je suis le symbole vivant de ce qu'elles ne sont pas, celui de leurs rêves impossibles, leurs ambitions fauchées par le malheur, l'emblème d'un monde inaccessible qui là, sur cette passerelle, semble à portée de leur haine, de leurs frustrations.

— Hé, Arlette Stavisky ! Sans ton mac, t'es comme nous, ma chérie, ton cul ne vaut pas grand-chose !

C'est vulgaire grossier violent. Ça crache, ça vomit.

— Hé, la youpine, où sont passés tes diams, tes fourrures ?

Je titube sous la clameur comme sous une pluie de gifles. Mon avocat m'avait prévenue. Livrée aux autres autant qu'à moi-même. Je me laisse faire, consentante, presque complice, en ne bougeant pas sur la passerelle malgré les encouragements de la religieuse afin que j'avance, ne piétine pas sous la bordée des quolibets.

— Qu'est-ce que ça peut bien vous faire, au fond, tout ça ? Dépêchez-vous plutôt pour ne plus les entendre.

Je pense à mes enfants plus qu'à moi-même. Ces injures, s'ils devaient les entendre ? Entre eux les enfants sont si cruels parfois. Il suffit qu'ils surprennent une remarque désobligeante tombée de la bouche imprudente de l'institutrice, d'une mère à la sortie de l'école, d'un voisin, pour bientôt la répéter, la proférer sans la comprendre. La *veuve de l'escroc*. Ils sont si jeunes, Claude et Michèle. Que penseront-ils de leur père ? Jacquot, que va-t-il devenir ? Une morsure de serpent, oncle Sacha est mort. Que puis-je inventer d'autre pour expliquer sa disparition ? Combien de temps la pauvre Camille, la gouvernante de la famille, pourra-t-elle s'occuper d'eux ? À mon propos, leur parlera-t-on d'une longue maladie, d'un lointain voyage ?

J'essaie de me rassurer. Il faut que j'avance, me remette en marche.

Qui leur dira, à Claude, Michèle et Jacquot, que le monde n'est pas cette prison fétide, ces femmes ivres de misère, cette détresse si par malheur ils devaient un jour apprendre où je me trouve, venir me voir au parloir ? Qui leur dira que le monde est ce que l'on en fait. Il peut être semblable à son apparence, cela dont ce matin je m'émerveillais encore à travers les vitres de la voiture en me rendant à la Petite Roquette. Rues coquettes, soleil naissant, fraîcheur piquante de l'aube. « Le monde n'est qu'une substance malléable à laquelle il faut savoir imprimer une forme, le soumettre plutôt que s'y soumettre », affirmait Mora. La volonté peut tout, n'est-ce pas ? Sacha ne disait-il pas que tout renoncement est une impatience ? D'ailleurs les injures ont cessé. Je me tourne vers la religieuse, lui adresse un sourire.

— Merci.

4

Seule dans une pièce humide (mes deux futures compagnes de cellule ne sont pas encore revenues des ateliers de la prison où elles travaillent chaque après-midi), assise sur le lit étroit qu'on vient de m'affecter je m'efforce de me souvenir des propos que tenait ce matin, dans sa voiture, maître Moro-Giafferi. Que voulait-il de moi ? Que j'accepte la situation, la prison, la séparation d'avec mes enfants ? Contre mauvaise fortune bon cœur. Au nom de mon inconséquence, ma tolérance vis-à-vis de l'origine de l'opulence dans laquelle Sacha me faisait vivre ? De sa voix snob, non sans un certain embarras mais un embarras plein d'affectation, il osait même : « Vous ne pouvez nier que vous avez profité de la fortune amassée par votre mari ! »

Il voulait en conséquence que je collabore avec Pierre Bonny, lui livre des noms, les fameux noms que tous, à l'instar de l'inspecteur Dorian, du commissaire Charpentier, font semblant d'ignorer. Il voulait que je charge Sacha afin de m'alléger d'autant.

« Devant le juge, vous devez surjouer votre repentir, donner l'impression que vous n'étiez qu'une jolie oie à la merci de son mari ! »

Une jolie oie. On en revient toujours là. Une jolie oie fléchie sur une grappe de raisin dont les grains dorés brillent comme des pupilles de chat dans la nuit.

Je m'agite, bouillonne, me révolte. Bien sûr, j'aurais pu, dû m'en douter. Ces silences embarrassés, ces froideurs inattendues lors des dîners, ces échanges de regards lors des réceptions, ces sourires en coin, toutes ces raideurs imprévisibles. J'aurais dû m'en douter. C'était tapi dans l'ombre. Maintenant il suffit d'ouvrir le journal, écouter la rumeur pour se repaître des détails les plus *stavisqueux* de l'affaire. Nul ne peut plus fermer les yeux, faire abstraction de l'infamie du couple Stavisky. La pute à Stavisky. La *veuve de l'escroc*. On dirait qu'il n'y a eu que nous pour penser que seul le présent avait du sens, que l'avenir était trop incertain pour s'y intéresser longtemps. Chacun pourtant ne disait-il pas que le monde était entré dans un cycle infernal ? Les gens importants que nous fréquentions n'étaient pas les plus mal informés. Banquiers, députés, militaires. Ils affirmaient que l'Europe était devenue folle. On sentait qu'ils préféraient crever ivres et repus plutôt que maigres et sobres. On aurait dit que durant la guerre un rouage sensible avait été détruit, une mécanique secrète de l'humanité qui détraquée, infernale, allait nous happer tous, nous laminer bientôt. L'angoisse de l'avenir c'est toujours le passeport du vice. « Pourquoi respecter les règles aujourd'hui, disait Sacha, si c'est pour finir demain les tripes à l'air, du sang dans la bouche ? »

Je plaide dans le silence de ma cellule, je plaide. Pour lui, pour moi. Non, ce n'est pas pour oublier la guerre que nous nous sommes étourdis de plaisir, que nous avons négocié avec la morale, non ce n'est pas pour ça. C'est plutôt pour oublier le grondement lointain du chaos.

Mais le chaos nous a rattrapés.

29 mars 1934

Un matin je ressens dès mon réveil les signes avant-coureurs d'une légère fièvre, les premiers symptômes de quelque chose qui a sans doute couvé depuis plusieurs jours, dont je n'ai pas été consciente. Ce mal sera-t-il passager ou sera-t-il le début d'un lent écroulement ? Vers 10 heures, après les douches, la distribution du courrier (tout est rendu accablant par la répétition).

— Matricule 48, une lettre !

La surveillante me tend une enveloppe. J'ai la sensation immédiate que cette lettre est lourde de menaces. L'effet sans doute de cette effervescence avec laquelle je me suis réveillée. Le printemps qui perce à travers les barreaux ne m'apporte aucune joie, ne diminue en rien la saleté de ma cellule, l'odeur pestilentielle de la prison, le manque d'air, la lassitude, l'angoisse de ne pas savoir pour combien de temps je suis là, coincée entre ces quatre murs, loin de mes enfants, du monde dont je peine à imaginer aujourd'hui qu'il y a peu encore il n'était fait que de douceur, de tendresse, d'une opulence douillette. Je m'étonne aussi de ressentir une fébrilité diffuse, me surprends à penser que par bonheur je n'ai pas tout perdu de ma sensibilité, mon émotivité malgré les privations, le manque d'intimité, l'incertitude, les tourments quotidiens. Je remonte sur mes épaules le grand châle de laine que ma mère m'a envoyé. Quand je l'ai reçu, de longues minutes j'ai tourné, retourné en vain le paquet qui le contenait afin d'y découvrir un message, une lettre qui m'aurait apporté des nouvelles de Jacquot, un vague témoignage de compassion. Camille, la gouvernante, m'informe presque chaque jour de la vie rue Obligado mais en revanche je ne sais plus rien de Jacquot, de ma mère, de ma famille à Blois. J'aime me dissimuler sous ce châle comme un gosse sous les arceaux d'une cabane, m'isoler dans sa tiédeur peluchée quand la promiscuité devient ici pesante, la solitude accablante. Imaginer les enfants, me souvenir de Sacha. Depuis quelque temps j'ai cependant remarqué que plus je m'évadais ainsi plus je souffrais de ce dont je suis privée tel, paraît-il, l'amputé qui ne conserve le souvenir physique du membre perdu qu'à travers la douleur fantôme qui le traverse.

Au début du mois, tandis qu'on me déférait devant le juge Ordonneau en charge à Paris d'instruire l'affaire, mon avocat m'a dit qu'on lui avait fait savoir que le dossier de Bayonne venait enfin d'arriver. Grâce à quoi je devrais être libérée bientôt.

« On ne peut rien vous reprocher de précis, n'est-ce pas ? »

Je ne me rappelle pas avoir cru ne serait-ce qu'une seconde à cet élargissement. J'étais *dedans*, ne me concevais plus qu'ainsi – *dedans*.

Depuis longtemps je n'ai rien éprouvé d'aussi prégnant que cette fièvre qui ce matin me donne la chair de poule.

Parfois de légers malaises, des palpitations, des humiliations à la pelle, des craintes, des obsessions, oui, une sorte de panique permanente mais à bas bruit. Cela que résume un cauchemar récurrent – presque chaque nuit en effet je me réveille en sursaut, quelqu'un est venu dans ma cellule repeindre les murs, y dessiner des centaines de grappes de raisin similaires à celles de la tapisserie qui, bientôt hantées chacune par un visage différent, se mettent à rire ensemble, à sourire, à grimacer. Chaque visage qui se dessine au cœur d'une grappe n'est plus celui du Gigolo mais celui d'un policier, un magistrat, un greffier que j'ai croisé durant les derniers jours. Je me moque de la justice, ne porte aucun jugement, pas plus sur Sacha que sur ceux qui en ce moment même me jaugent, m'évaluent. Je me suis blindée en quelques semaines, durcie. Mais je ne peux pas m'empêcher de rêver.

N'est-ce pas l'écriture de Camille, la gouvernante ?

Comment lui dire que je n'ai plus d'argent ? Je ne peux rien lui envoyer pour l'entretien des enfants. Il faut qu'elle se débrouille toute seule. Avec réticence je déchire l'enveloppe. J'avais bien deviné – ils vont mal. Claude a une angine tenace, Michèle la coqueluche. Afin de me distraire, de me faire sourire dans mon malheur, Camille me raconte que malgré ses maux de tête, ses insomnies à répétition, sa nervosité que rien ne semble pouvoir apaiser, Claude s'adonne à un nouveau jeu qu'il vient d'inventer en profitant de la vétusté de l'appartement de la rue Obligado. Il organise des courses de blattes, lesquelles grouillent dans toutes les pièces. À l'aide d'allumettes il aménage sur le parquet des sortes de pistes au départ desquelles il dispose les insectes après les avoir peints d'une couleur différente pour les distinguer. Je ne souris pas, suis plutôt pétrifiée de dégoût, réponds immédiatement à Camille. « Il ne faut pas le laisser faire ! C'est sordide, ignoble ! Qu'est-ce encore que cette folie ? » Mon absence rend Claude plus fragile, plus instable. Il va falloir un jour se résigner à consulter même si Sacha s'y refusait toujours, le protégeait jusqu'à l'absurde en dépit de ses premières crises de nerfs : « Il est sensible, mon fils, émotif, ça n'a rien de médical ! »

Claude qui avait tout pour être généreux comme Mora, inventif comme son père, créatif comme chacun d'eux, et qui n'est en vrai que souffreteux, fantasque.

Je me demande à quel moment une mère acquiert le droit de considérer ses enfants ainsi qu'elle le ferait du fils ou de la fille de ses voisins, avec autant de rigueur froide, de détachement. L'âge de leur indépendance affective. Si j'étais honnête je confesserais aujourd'hui que Jacquot comme Claude sont à mes yeux des fardeaux. Ils me font courber l'échine en accompagnant de leur présence la litanie infernale des réquisitoires, des accusations, des charges. Jacquot, le fils naturel, parce qu'il est l'écho tapi de la transgression. Claude, le fils de l'escroc, parce qu'il est celui de l'infamie. L'un et l'autre privés à présent de mère, de père, de repères. Me faudra-t-il les tirer, les remorquer jusqu'à la fin de mes jours ? Quand je les imagine grandissant loin de moi, se défaisant de leur peau douce de marmousets afin de grandir, se dresser, se tendre bientôt, je n'ai aucune nostalgie pour les nourrissons innocents qui m'émerveillaient, les poupards qui me distrayaient, comme s'il était écrit que, pareils à tous les fils, Jacquot le bâtard, Claude l'orphelin étaient d'une nature mystérieuse étrange menaçante (des monstres rieurs qui attendaient le moment propice pour se défaire du costume étroit de l'enfance, se raidir, se métamorphoser en Gigolo).

L'anxiété se transforme en bâillon. Je la sens dans ma bouche qui assèche ma langue, mes lèvres. N'est-ce pas plutôt moi qui deviens folle ? Mes deux fils sont trop jeunes, trop lointains pour avoir pitié de moi. Je me moque par ailleurs de savoir s'ils comprendront un jour. Pour Jacquot, la pension sévère à Bayonne, l'éloignement, la mise à l'écart durant des années chez une cousine blésoise. Pour Claude, la disparition de son père, l'odieux appartement de la rue Obligado, les blattes comme animaux de compagnie, les vêtements rapiécés. Pour les deux, les chuchotements interrompus dès qu'ils tendent l'oreille, une certaine forme de misère quotidienne, le silence comme langage, le secret comme décor. Ils essaieront plus tard de nier, d'oublier comme j'ai cru possible de le faire avec le Gigolo mais ça les rattrapera un jour. Ils ne seront que de mâles conquérants aux pieds de sable.

Alors couper les racines ? Déjà Jacquot s'appelle Simon, Claude et Michèle ont été obligés de changer de nom pour qu'on ne les tourmente pas à l'école. Adieu Mora, adieu Stavisky. Je me dis à présent qu'il aurait sans doute mieux valu qu'ils ne soient pas nés, Jacquot, Claude, qu'ils soient toujours flottant dans les limbes de mon amour pour Mora, pour Sacha, qu'ils macèrent encore dans le liquide tiède où se fabrique ce prolongement narcissique de chair et d'os que tous les couples redoutent et espèrent à la fois. Je m'inquiète pour eux autant que je leur en veux du méchant tour qu'ils m'ont joué en gonflant mes entrailles, corrompant ma silhouette, déchirant mon ventre, oblitérant mon avenir. La première femme que force un homme n'est-elle pas sa mère ? Je me souviens de l'air écœuré de Coco quand je lui ai annoncé que j'étais enceinte.

« C'en est fini, ma petite, des défilés, des photographies, la grossesse pour un mannequin c'est de la boue jetée sur un diamant, on a beau frotter, refrotter, ça ne redevient jamais aussi brillant qu'avant ! »

22 janvier 1936

1

Depuis la fin du procès, le prononcé du verdict cinq jours plus tôt, les gens qui ne me connaissent pas, me croisent par hasard, tels tout à l'heure ce jeune agent portuaire ou ce douanier, s'y trompent souvent. Mon air embarrassé, ma voix rauque comme si j'avais beaucoup fumé en prison, mon regard hésitant. Ils prennent ça pour de la gêne, de la pudeur peut-être, des miettes de honte quand il ne s'agit en réalité que d'un méli-mélo de colère et de rage. La volonté inflexible de ne plus céder, ne plus jamais subir. Quatorze mois enfermée à la Petite Roquette à ourler des draps pour les hôpitaux huit heures par jour dans l'atelier n° 2 avant qu'on desserre enfin le garrot carcéral, huit mois plus tard qu'on consente à m'acquitter, me libérer partant de Sacha, du scandale, du passé. J'ai compris peu à peu que je pouvais me défaire de tout. Des enfants, de Sacha. De presque tout. Il suffit de le vouloir, faire fi des commentaires, des attentes, refuser les rôles, tous les rôles, ceux de veuve hostile ou de veuve éplorée sur qui le sort s'est acharné, celui encore de mère courage.

J'ai les épaules douloureuses, le cou rigide tant mon corps est tendu par l'effort qu'exige pour triompher ce regain que je m'impose. Mes muscles refusent même que je tourne la tête, fixe autre chose que ce qui se présente devant moi (aujourd'hui le quai du Havre où est amarré le paquebot *Île-de-France*, les balises oscillant sur la mer qui scintille au loin, le soleil sur l'horizon, l'espoir d'un recommencement). À n'en pas douter, plus que la colère c'est la détermination à m'accorder coûte que coûte une renaissance qui me donne cet air buté, cette voix enrouée. Je suis déterminée, oui, à oublier, à m'oublier dans une vie nouvelle bien plus qu'inspirée par la pression d'une rancœur insidieuse à l'encontre de tous ceux, journalistes, policiers, magistrats mais aussi enfants, famille et même Sacha qui se sont entendus, ligués afin de troubler mon bonheur, le détruire.

M'abattre.

2

Quand j'étais incarcérée, lorsque dans ses lettres Camille me rapportait les pleurs nocturnes, la détresse de Claude, de Michèle, leur impatience de me revoir bientôt à la maison, de retrouver leur mère, un semblant de foyer, je fermais les yeux en remontant le châle sur mes épaules, me pelotonnais en moi-même, me réfugiais sous la toile de mes désirs quand je parvenais à en avoir, de mes résolutions quand je m'efforçais d'en prendre, de la même façon que la nuit on remonte une couverture jusqu'au menton quand le froid devient pénétrant.

Le passé n'était plus que ça – un vertigineux glacier sur quoi je risquais de glisser chaque jour.

À mon retour rue Obligado les enfants virevoltaient autour de moi, m'embrassaient trop fort, couraient trop vite entre mes jambes. Ils allaient me faire tomber si je n'y prenais garde, me faire mal, me décoiffer. Je devais les repousser, les rendre à Camille le temps de respirer. J'étouffais. Ils étaient ma vie passée, abusaient de ma bonté, ma délicatesse, de ces égards que je me sentais obligée d'avoir pour eux après l'épreuve de la séparation, la mort de leur père. Bonne, trop bonne. Leurs prénoms sur mes lèvres demeuraient secs. Rien ne parvenait à les imprégner. Pas plus le souvenir de l'odeur tendre du lait que celle, âcre, des couches mouillées. Secs. Il y a des voleuses d'enfant mais comment appeler celles qui veulent s'en défaire ? Lorsque j'ai reçu en décembre la proposition d'un manager américain de rejoindre une troupe de danseuses au French Casino de Broadway j'aurais voulu qu'ils se réjouissent avec moi, soient aussi heureux que je l'étais. Une veine inouïe. Un vrai miracle. New York, Broadway, un concours de circonstances. Mais je n'ai pas eu la force de leur dire.

Camille leur expliquerait.

24 janvier 1936

1

Il me regarde avec acharnement.

Dans la pénombre de la cabine ce qu'il voit doit manquer de netteté. Ma silhouette ramassée en chien de fusil, dissimulée en partie sous un drap, jusqu'à l'épaule, mes cheveux, mon visage tourné vers lui, ma bouche entrouverte. Tout est vague, estompé. Nous avons tous les deux trop bu. Je cherche moi aussi à saisir quelque chose de lui. Je grogne en repoussant le drap comme si j'avais trop chaud. Est-ce le désir qui lui gonfle ainsi les veines du cou ? Il se penche sur la table de nuit, allume la lampe, protège aussitôt son regard d'une main placée en auvent au-dessus de ses paupières. Ses jambes sont puissantes, ses hanches larges, ses poignets solides, ses mâchoires massives, son visage glabre. Avec encore un relief d'enfance dans le mouvement soigneux d'une mèche qui pend sur son front. En même temps j'aperçois mes ongles trop rouges, ma chair trop blanche, la peau desséchée de mon ventre, mes seins maigres hachurés par de larges veines plates d'un bleu sombre. J'ai beaucoup maigri en prison.

Je sais qu'il est déçu de lire sur mes traits fatigués que je n'ai rien éprouvé d'aussi violent que lui.

— Quelle heure est-il ?

Son accent étranger m'aide à me souvenir. Un attaché d'ambassade américain ou quelque chose comme ça. Un diplomate en tout cas. Nous buvions chacun de son côté au bar du club où les passagers de première classe sont invités à venir se distraire. Whisky pour lui, champagne pour moi. Nous nous sommes rapprochés, observés, dévoilés. Pour lui j'étais une meneuse de revue française en route pour Broadway. Nous avons quitté le club en début de soirée afin de nous réfugier dans sa cabine. Tout était fluide. S'abandonner enfin à une délicieuse sensation de détente, d'apaisement, laisser jaillir des rires de petite fille, ouvrir de grands yeux émerveillés sur cette force qui s'annonçait, s'apprêtait à me soulever, puissante et douce. Une sensation proche de celle qu'on éprouve tandis qu'enfant, couché sur le sable d'une plage, on attend en frissonnant le sage effleurement de la vague tout en rêvant qu'elle soit assez résolue, cette vague, pour nous rouler en elle, assez tonique pour nous emporter, de l'écume plein la bouche, des algues dans les cheveux. Je me suis laissé conduire, diriger à travers le treillis des couloirs, des paliers, des galeries. C'était aussi excitant qu'amusant, dangereux peut-être. Je ne me souvenais pas d'aimer autant ce danger-là, qu'on me bouscule, me chavire. J'avais l'impression que la main qui m'attirait, la bouche qui déjà cherchait ma bouche me purifiaient du passé, me lavaient, balayaient des mois de honte, de misère, de prison.

— Une cigarette ?

Je ne fume pas mais depuis la prison j'ai pris l'habitude d'en avoir toujours sur moi. À la Petite Roquette elles servaient de monnaie d'échange entre prisonnières. Je me tords pour d'une main aveugle attraper mon sac abandonné par terre à la tête du lit, en retire bientôt un étui à cigarettes, celui qu'autrefois j'ai voulu offrir à l'inspecteur Dorian, un briquet en argent. Je lui tends l'étui en me disant que l'heure est sans doute venue de nous parler mais que rien ne m'ennuie davantage.

— Vous vous appelez bien Lenny ?

Il m'embrasse gravement, sourit, d'un doigt distrait caresse ma joue, mes lèvres, se lève, se dirige vers la petite salle de bains, en passant écarte les stores, laisse entrer la lumière blanche d'un fanal de coursive.

— Il n'est pas très tard, je crois.

Je me dresse sur un coude, secoue mes cheveux comme pour en faire tomber une poussière imaginaire, de loin parle à son dos musclé, sa nuque charnue qui disparaissent derrière la porte du cabinet de toilette. Il a allumé une cigarette, l'a posée au bord d'un cendrier sans y retoucher. Mon visage se plisse sous la fumée. Je veux être une autre, mentir, me mentir.

— Savez-vous que je vous aime déjà, Lenny ? Je vous préviens, ce sera bref, plus c'est bref, plus c'est sincère, et là, oui, je vous aime déjà, il me semble.

Je l'entends rire et ça m'attendrit.

— Venez, Lenny, venez me rejoindre !

Lenny a comme du plomb autour des yeux, des cernes profonds. On dirait qu'un méchant étau lui serre le front mais il s'approche de moi sans faire semblant. Il veut étreindre à nouveau cette chair chaude, ferme encore que je lui offre. J'ouvre les bras en riant. Mes yeux sont sans doute dorés de désir. J'ai besoin de sa chaleur, sa densité, sa joie brute dans le plaisir. Je dois chasser ces choses auxquelles je ne peux guère me retenir de penser, ces choses qui sont en moi comme des vinaigres. Il m'entraîne, me renverse sur lui. Je veux qu'il entende craquer cette corbeille de côtes qui sous mes seins porte mon cœur comme un fruit sur des feuillages.

2

Combien de temps ai-je dormi ? Où suis-je ?

Je peine à ouvrir les yeux. Le roulis du bateau, son instabilité indolente me ramènent à la réalité. C'est délicieux, reposant. La cabine sent le tabac blond. Il fait chaud. Les doigts de Lenny errent sur mon dos, mon flanc, mes reins comme de petits cavaliers indociles, insolents, rejoignent mes doigts, jouent un instant avec eux, s'attardent sur la chevalière de mon père avant de se refermer sur ma main. Si je reste couchée comme ça, sur le ventre, je vais attraper mal à la nuque. Il faut que je me ressaisisse, mobilise mon courage afin de sortir ma tête de l'oreiller, affronter son regard maintenant sans désir. Impossible de me rappeler ce qui hier soir m'a poussée à lui répondre tandis qu'il s'approchait, papillonnait d'un tabouret de bar à un autre en sorte de se trouver assis juste à côté de moi. Impossible à présent de démêler les raisons de mon assentiment. Comme par défi je me suis d'abord présentée.

« Gabrielle Simon. »

Mon nom d'enregistrement sur l'*Île-de-France.*

Lenny portait bien le smoking, avait des manières européennes, un délicieux accent. On a parlé de la vie parisienne, des cabarets, des théâtres. Il m'a dit avoir passé les six derniers mois à Paris, travaillé à l'ambassade des États-Unis dans le cadre d'une mission temporaire. Il rentrait à Boston où l'attendait une famille (deux enfants, une femme blonde élancée élégante dont il m'a montré la photographie).

« Et vous ? — Ni mari ni enfant, ai-je menti en souriant. — En vous voyant monter à bord, a-t-il dit, j'ai pensé que vous étiez l'épouse d'un homme important. — Ah bon ? Et pourquoi cela ? — Sur le quai, a-t-il répondu, vous êtes descendue d'une voiture officielle, vous étiez accompagnée de policiers, il m'a semblé. »

Je me suis sentie perdue, défaite. M'aurait-il reconnue ? Bien sûr il devait lire la presse, être informé. Il me tenait. J'ai levé un regard fautif sur lui pour l'encourager, qu'il abatte ses cartes. Mais son sourire satisfait élaboré dans les os puissants de sa mâchoire continuait de sécréter la même ambiguïté. J'ai eu envie de le mordre, qu'il lâche donc le morceau.

« Et qu'allez-vous faire en Amérique ? m'a-t-il demandé. — La seule chose que je sache faire : danser ! »

Il a souri.

« Danseuse, vraiment ? »

Je me retourne à présent, remonte le drap sur moi, me serre contre lui tandis qu'il se redresse pour s'asseoir au bord du lit, les pieds au sol, l'échine tendue, prêt à se lever. Je me cambre à mon tour, m'adosse au montant, tire Lenny en arrière, l'enlace de mes cuisses, de mes bras.

Dans son dos je veux qu'il discerne les bourgeons de mes seins qui pointent, en garde le souvenir longtemps.

Une heure plus tard lorsque je pénètre dans la salle à manger du paquebot il m'attend à une table en lisant un récent numéro de *Police Magazine*. Sur la première page une photographie de moi en compagnie de mon avocat à la sortie du procès. Lenny a l'air enjoué en repliant le magazine.

— Bonjour, Arlette.

15 février 1936

Pour la première fois ce soir je serai sur scène. Sur une véritable scène de spectacle, non sur un podium de mode ou à la barre d'une salle de tribunal.

Tangible mais pourtant invisible sous les lumières. Une *lettre volée* à moi toute seule.

Meneuse improbable d'une revue française bruissant en plein Broadway de dentelles frivoles, justaucorps opalescents, pourpoints bigarrés, avec minois pailleté, plumes au front, colifichets, paupières sombres, jambes étroitement gainées, meneuse fortuite de revue plutôt que mannequin lors d'un défilé de haute couture ou accusée devant une cour d'assises. Je déguste cet anonymat, la possibilité de m'exposer sans être vue, m'exhiber sans être distinguée. Tous ces regards aveugles posés sur moi.

Durant les répétitions, ces derniers jours, je pensais à Coco, l'entendais me dire de sa voix rauque : « Le plus difficile, ma petite Arlette, c'est qu'on te reconnaisse sans te dévisager, que de loin ta silhouette, ton allure, ton maintien, ta prestance soient uniques… »

Qui soupçonnerait aujourd'hui que mon flanc a abrité trois enfants ? La prison m'a étirée, affinée. Dès qu'il le peut Clifford Fischer, le manager du French Casino, me félicite : « *Gaby, you have the mature elegance of a woman on a young girl's body, every man's dream !* »

J'aime cette connivence, cette cour franche à l'américaine. Je n'ai besoin que de ça en ce moment. Descendre un escalier sous les projecteurs, les vivats, le fracas cuivré de la musique, n'être plus qu'une anatomie harnachée, lointaine, des jambes sans fin, un tronc constellé de confettis, un colback de plumes.

Chaque soir je serai pendant deux heures comme un insecte épinglé sur une plaque de liège sous un extravagant microscope aux mille lunettes. On me connaîtra sans me reconnaître. De loin, dans un tumulte enfumé d'exclamations joyeuses, verres entrechoqués, détonations de bouteilles, éclats de jazz, on épluchera mes jambes avec insouciance, détaillera ma poitrine, analysera mon allure, examinera ma silhouette mais les regards seront distraits dissipés futiles inconsistants, infidèles aussi, flottant sans s'arrêter d'une danseuse à une autre, d'un tableau à un autre. Malgré la rumeur, l'attention des spectateurs demeurera indifférente au parfum de scandale que les promoteurs du spectacle ont vainement essayé de diffuser en payant quelques journalistes afin qu'ils s'intéressent à l'affaire Stavisky avant la première.

Ces derniers jours tout cela flottait autour de moi. Photographes, échotiers, publicistes, convoqués par les propriétaires du théâtre, les attachés de presse, les agents du monde du spectacle dont regorge la ville. J'avais l'impression de les connaître déjà pour avoir pendant de longs mois observé mille fois le vol rasant des pisse-copies à la périphérie de ma vie. Rien ne me surprenait vraiment sinon l'espèce de flegme qui accueillait mon nom chaque fois que Clifford me présentait en accompagnant son propos de quelques commentaires croustillants sur ce qui venait de m'arriver. Scandale, corruption, suicide, émeutes, prison. À ses yeux je sentais bon le soufre français : « *She smells of sulfur*, disait-il en riant, *the peppery scent of adventure !* »

Comment auraient-ils pu deviner, ces journalistes béotiens qui pour la plupart confondaient la France et l'Italie, que leur indifférence me redonnait vie, qu'elle était pour moi la plus élégante des délicatesses ?

Je sais que tout à l'heure, quelques minutes avant le début du spectacle, ce ne sera que hâte, excitation dans les coulisses, les loges, les cuisines. Lumières aveuglantes, chaleur qui monte. J'aurai derrière le rideau la sensation de devoir bientôt sauter dans le vide, le néant, m'arracher à tout ce qui me tient, me retient. Le théâtre tanguera comme un navire qui sort du chenal, affronte sa première houle véritable.

C'est pour cette raison que deux heures avant la première je veux m'imprégner de l'atmosphère du lieu, absorber ses dimensions incroyables, embrasser son faste, le décor de ma nouvelle existence. Clifford à mes côtés j'avance sous les projecteurs illuminant un bouquet de lustres en cristal d'une lumière ruisselante qui, sous les vastes mezzanines inclinées, se brise de chaque côté de la scène en heurtant les colonnes en stuc et staff, lesquelles supportent un plafond haut et noir où se laisse apercevoir une charpente de poutres goudronnées tout enchevêtrées de câbles, de cordes. Clifford m'explique que les lustres ont été conçus en sorte d'évoquer l'ornementation, a priori inattendue dans l'ambiance Art déco de l'ensemble, d'un théâtre parisien du siècle passé. Les nappes blanches sur les centaines de tables arrimées aux balcons ou distribuées géométriquement sur le parterre afin de respecter la déclivité du plancher réfléchissent ensemble le flamboiement des lustres. C'est éblouissant. Sous la terrasse principale le velours argenté des fauteuils, des banquettes est moiré de laque. Les escaliers courbes au profil métallique encadrent d'édifiantes statues en basalte dont les mascarons aux traits féminins semblent annoncer le spectacle qui durant les six prochains mois, espère-t-on, attirera ici nombre de New-Yorkais fêtards et fortunés – le ballet d'une trentaine de danseuses formant revue dont la nouvelle meneuse, murmure la publicité, est une authentique Française. Libre, hardie.

Une aventurière, quoi.

6 octobre 1936

Aux studios de Billancourt tout est délicieusement factice. Le faux se farde de vrai. Nul éclairage naturel, bout de ciel ou reflet du jour mais un faisceau de projecteurs qui, accrochés à une série de barres métalliques suspendues au plafond, déversent à volonté de la lumière sur le plateau. Nul mur solide mais des cloisons branlantes dont la hauteur vite interrompue signale l'artifice. Des coffres en rotin alignés comme des wagonnets laissent entrevoir, prêts à l'emploi, des morceaux de décor, des masques, des accessoires. Partout autour des figurants qui patientent, des techniciens qui s'activent, du matériel de cinéma, des câbles gros comme des boas, des rails tronqués avec circulant dessus des appareils cyclopéens dont les objectifs aux facettes hérissées font penser aux yeux d'une mouche. Je me tiens en retrait dans l'ombre de Mady Berry et de Rosine Deréan, les deux actrices avec lesquelles il est prévu que je m'avance au moment où le réalisateur, Henri Diamant-Berger, le commandera. Celui-ci, en sueur, cravate dénouée, en bras de chemise, nerveux, m'aperçoit, me fait signe d'approcher.

— Là, vous voyez ? Là, à droite du bureau où se tient Jules ! Vous vous asseyez sur ce tabouret aussitôt après être entrée, vous ouvrez votre manteau comme si vous aviez trop chaud, qu'on aperçoive votre gorge, et surtout vous ne dites pas un mot, vous souriez, c'est tout ce qu'on vous demande !

Sa grossièreté me laisse de marbre. Une jolie oie, une fois de plus, comme sous les mains griffues du Gigolo, comme dans l'atelier de Mora ou les salons de la rue Cambon, comme au procès ou à Broadway. Une jolie oie.

J'ai presque honte de me trouver là. Une occasion unique, me suis-je dit en me rendant ce matin à Billancourt. On ne sait jamais. Faire peau neuve sous le fard, me dresser devant les milliers de gens qui dans l'obscurité d'une salle de cinéma croiront peut-être me reconnaître avant de se raviser. Mais que ferait-elle donc là, la *veuve de l'escroc* ?

Je songe soudain que la rue Obligado n'est pas très loin d'ici. L'appartement où la police est venue me cueillir après la mort de Sacha, les enfants, la gouvernante, la vie ancienne lovée dans cet espace sordide grouillant de blattes. Je me désintéresse de l'agitation autour de moi. Pourquoi ai-je accepté de faire une apparition ridicule dans ce film ? Pas même un mot à dire ni mon nom au générique. Prendre la lumière ? Des sourires, des hochements de tête. Passagère clandestine dont le visage doit être comme un écho léger à un passé récent, scandaleux. Est-ce suffisant pour exciter le chaland, alimenter la rumeur autour du film ?

Je n'ai pas eu le courage de donner signe de vie à Camille, me sens coupable sans doute de ne pas lui avoir envoyé d'argent depuis longtemps. Je n'ai pas osé lui annoncer ma venue à Paris pour quelques jours. Dès la fin du mois je retourne honorer un nouveau contrat au French Casino bien que le succès rencontré par la revue n'ait pas été celui qu'espérait Clifford Fischer (« *Americans make fun of your little scammers, they have their own, that's enough for them !* »), qu'aucun producteur ne m'ait remarquée, aucun critique n'ait été enthousiaste. J'imaginais déjà le regard lourd de Camille sur mes vêtements élégants, mes bas, mes bijoux, son regard de vieille paysanne résolue, ses yeux gris cherchant à pénétrer les miens afin d'y découvrir ce qui pouvait bien me retenir de l'autre côté de l'Atlantique, loin de Claude, de Michèle. Camille est admirable, adore les enfants, rien sans elle n'aurait été possible de ma renaissance, de mon évasion mais elle ne peut pas comprendre. Qui d'ailleurs peut comprendre ? Depuis mon départ pour Broadway, choquée, honteuse, ma mère ne répond plus à mes lettres. Une danseuse nue dans la famille ! Je l'entends : « Veuve d'un escroc, ça ne lui suffisait pas, il fallait encore qu'Arlette plonge plus bas, strip-teaseuse, entraîneuse ! » J'ai décidé en retour de ne plus jamais porter le nom de Simon.

Je crois que Jacquot est parti rejoindre son père en Argentine. C'est du moins ce que j'ai lu dans la presse après que Mora a été convoqué par la police.

Le passé ressemble ici à l'automne. Des feuilles jaunies qui tombent sous le vent. Certaines se volatilisent à jamais, d'autres deviennent poussières fertiles. On ne peut prévoir lesquelles…

Je regarde les acteurs répéter une dernière fois. Ils singent l'action sous l'œil acide du réalisateur de plus en plus nerveux. Suzy Prim se faufile jusqu'à moi, glisse une main sous mon bras. Je suis pour l'heure installée chez elle, l'ai autrefois rencontrée lors d'une soirée donnée à l'Empire à l'occasion de la première d'une opérette produite par Sacha. C'est Suzy qui tient le rôle principal du film de Diamant-Berger, *Arsène Lupin détective*, elle qui m'a présentée à son ancien amant, Jules Berry, avec qui elle est restée amie. Berry a croisé autrefois Sacha. Ils auraient été en affaires d'après Suzy. Une histoire de bons hongrois. Ça l'amusait de me recommander auprès des producteurs, il y voyait un argument commercial.

« Rien qu'en chuchotant votre nom, on est sûr de remplir les salles de Paname ! »

C'est ainsi qu'un matin je me suis retrouvée dans l'antichambre de la maison de production Le Film d'art qui supervise le tournage. J'entendais la voix haut perchée de Berry, ses effets de manche. Il plaidait ma cause derrière la porte du bureau du réalisateur : « Même pas un second rôle, un troisième rôle, non, seulement une apparition, Henri, tu la laisses goûter à la magie du cinéma quelques secondes, je ne te demande rien, une scène ou deux, pas même une réplique… »

Je me sentais rougir sous le regard dédaigneux de la secrétaire de Diamant-Berger, une jeune femme d'allure farouche qui en entendant mon nom s'était redressée sur son fauteuil en répétant comme pour elle-même « Stavisky, Stavisky » sans que sa voix ne trahisse aucune surprise, plutôt une sorte de réprobation insolente.

« Stavisky, Stavisky… »

Berry insistait afin que j'apparaisse sous ce nom. J'aurais quant à moi préféré qu'on m'appelle Lion (en souvenir de mon aïeule, Gaby Lion), mais Berry, comme Clifford à Broadway, voulait profiter de ce que le nom Stavisky évoquait, provoquait. Diamant-Berger refusait pourtant que mon nom apparaisse à l'écran : « Son visage suffira bien ! »

Jules Berry est au centre de la scène, trône au milieu des acteurs censés représenter les différents employés de l'agence Barnett que dirige son personnage. Dont moi. Dès qu'il parle, Berry, il gronde comme un orage, ses intonations épousent ses gestes. Plus il mugit plus ses mains s'agitent. Il gifle ses acolytes ou les caresse de quelques mots. Et des moulinets, des mouvements de main tel un chef d'orchestre qui aurait perdu sa baguette. Sa voix ressemble par instants à celle de Sacha Guitry, métallique, emphatique. Il ne me regarde jamais durant la prise sauf deux fois. La première quand il proclame en réprimandant l'une de ses employées, incarnée par Rosine Deréan, qui a dérobé une paire de bas : « Tu les rapportes, ma petite, ici on n'aime pas les voleurs ! » La seconde lorsqu'il est question d'une cliente de l'agence : « Une grande vedette de music-hall. »

Deux regards pleins d'humour, de malice. Quand c'est fini je retrouve Suzy.

— Tu t'en es bien tirée, Arlette, je crois qu'Henri est content et Jules s'est bien amusé…

21 septembre 1939

1

L'appartement de la rue Saint-Honoré est minuscule s'il est toutefois plus clair, plus confortable que celui de la rue Obligado. La chambre des enfants, la mienne, mon petit atelier de modiste.

J'aime être chez moi malgré l'exiguïté du lieu, m'allonger sur mon lit certains soirs au retour d'une livraison lointaine après avoir gravi l'escalier surchauffé de l'immeuble – son tapis bleu clair qui me fait penser à celui d'une maison de santé identique à celle où chaque vendredi durant les six derniers mois de mon incarcération je recevais clandestinement Claude et Michèle grâce au soutien compatissant du directeur de la Petite Roquette.

Allongée dans la pénombre je regarde le ciel gris à travers la fenêtre, les toits brillants de pluie, le brouillard, les nuages lourds. Je ferme les yeux, m'imagine aussitôt au Portugal, en Italie, en Espagne. La chaleur, les couleurs vives, la mer, la paix. L'inverse du marécage urbain qui me submerge depuis mon retour. Pourquoi ne pas voyager après tout, mettre le cap au sud, tourner le dos au passé ? Ce serait si clément, si léger après l'Amérique, son agitation incessante, son vacarme, après Paris, sa bruine, sa mémoire, sa rancune diffuse. Un refuge loin de tout ce qui me pèse. Disgrâce, déchéance. Les enfants ? Les emmener maintenant que j'ai renoncé à retenir Camille auprès de moi ? Si demain les Allemands occupent le pays, confectionner des jupes, des robes, des tailleurs ? Quelle drôle d'idée. Les quelques clientes que Coco a bien voulu m'adresser vont bientôt disparaître, elles parlent déjà de Londres, certaines de New York ou Montréal. Que faire alors de toutes ces étoffes, ces patrons, ces mannequins ? Un grand feu de joie ! Comment vivre ainsi, survivre ?

Le soleil, j'ai envie de soleil.

2

Claude apparaît dans l'embrasure de la porte de ma chambre.

Une longue silhouette de jeune homme malingre, ventre creux, visage tourmenté. Si différent de Sacha. Il a l'air continuellement furieux. Ce rictus, cette grimace me font peur. Il ne me pardonne pas la mort de son père, la prison, le scandale, les mensonges, la séparation américaine, mes activités de danseuse au French Casino, l'arrachement à sa chère Camille. Il est semblable à ma mère d'une certaine manière, puritain malsain, parle de mon engagement à Broadway comme si j'avais travaillé dans une maison de passe, répète à sa sœur qui par bonheur n'y comprend rien que j'y étais « danseuse nue » au prétexte d'une photographie parue dans la presse qui me montre en tenue légère, les jambes gainées de noir, les épaules dénudées, un bustier à plumes largement ouvert sur la gorge. Depuis notre installation rue Saint-Honoré il est tel *un passager mort sur mon bateau.* Une présence engourdie qui se désagrège sous mes yeux, se décompose en corrompant autour de lui l'atmosphère, le décor.

Claude lisse ses cheveux en passant devant le miroir de la coiffeuse. Sur son dos une cape ridicule de magicien, rouge à l'intérieur, noire à l'extérieur, qui me rappelle celles dans lesquelles Mora aimait s'enrouler lors de certains dîners chics, certaines réceptions. Puis, vite, cela m'évoque aussi bien l'anatomie repoussante d'une chauve-souris, les ailes gluantes et froides que des bras maigriots déploient à la façon d'un éventail de peau. L'illusion, la prestidigitation, sa dernière lubie, glanée dans les allées de l'Exposition internationale deux ans plus tôt. Faire semblant, feindre. La passion du trucage, de la supercherie. Aurait-il cela dans le sang ?

— Tu es là ? Tu es rentrée…

Il y a dans sa voix adolescente, hésitant encore dans les graves, des intonations décalées, étranges. Je songe parfois en l'observant que ses gestes, ses paroles sont comme désamorcés, vides de toute substance. *Un passager mort sur mon bateau.*

— Où étais-tu ?

J'enfonce la tête dans les coussins du lit pour ne pas lui répondre, ne plus entendre ses reproches. Lasse. Est-ce par fidélité à son père ? Je peux, veux demeurer loin de lui, le regarder à distance, essayer de le calmer, le libérer de cette rage qui lui déforme les traits juste avant qu'elle n'enflamme son agressivité, la métamorphose en violence brute, essayer d'implanter en lui avec prudence comme le ferait un psychiatre un mot puis un autre qui vont peut-être réussir à le transformer, le guérir une fois encore. Je le sens qui rôde, s'approche. Sa main caresse mes cheveux. Il me renifle.

— Où étais-tu ?

Le ton est faussement inquiet, trompeusement protecteur, pareil à celui du Gigolo quand il entrait dans ma chambre à la nuit tombée, les mains moites, l'haleine chargée d'alcool, la bouche tiède. Claude veut me faire croire qu'il a besoin d'être rassuré. Il ne suffirait que d'un baiser, un effleurement, une caresse. C'est le même jeu que celui du Gigolo. Un baiser, un effleurement, une caresse, et tout rentrera dans l'ordre. Ses yeux se remplissent de larmes. Il plisse les lèvres comme un petit garçon. Ce regard bon qu'il peut avoir tandis que derrière ses paupières humides je vois la pression qui monte. C'est là en lui, enfoui, impérieux. Il a mal sans doute, attend que je lui vienne en aide.

— Où étais-tu ?

— Je ne sais plus, je suis fatiguée, Claude, j'ai un peu le cafard ce soir, une sorte d'angoisse tout à coup, c'est idiot…

Ça ne va pas suffire. J'ai peur à présent, ai trop hésité. Plus qu'il n'aurait fallu. Il le sent.

— Mme Testut, tu sais, la robe de soirée noire avec le haut en résille.

— La robe noire ?

— Oui, tu sais bien, celle qui était sur le mannequin.

Il se referme comme s'il essayait de se souvenir. Ses yeux sont brillants.

— Eh bien quoi, Mme Testut ?

— Écoute Claude, j'ai l'impression par moments, je ne veux pas que tu te fâches, je ne veux rien te cacher, tu es grand maintenant…

— Rien me cacher…

Sa main descend le long de mes cheveux jusqu'à ma nuque. Une question de vie ou de mort, on dirait. Son visage est glacé. Il a un rire faux coincé dans la gorge, ricane.

— Mme Testut, hein ?

Il approche son nez de mon cou, flaire mes vêtements, ma peau. Je voudrais qu'il recule. Je cherche à me dérober en me retournant. Sa main pèse sur moi comme celle du Gigolo. Je ne parviens pas à repousser cette idée – *comme le Gigolo*.

— Ha, ha ! Mme Testut, donc !

Il ricane encore sans me lâcher, laisse couler sur moi un regard d'homme qui me fouille, m'effleure avec dégoût. Il faudrait que je le saisisse à bras-le-corps, lui jette de l'eau froide au visage pour le maîtriser.

— Sa robe noire, oui, tu te souviens que j'y ai travaillé toute la semaine, c'est un travail figure-toi ! Puis il fallait la livrer à l'autre bout de Paris. Ce n'est pas un jeu, un travail d'amateur pour gagner six sous, non ! Ça nous fait vivre.

Il fait machine arrière. Sa main quitte mon cou, se pose sur mon épaule.

— Pauvre maman… Ah, elle est bien bonne, celle-là, excellente même ! Voilà où ça mène tout ça, une robe noire, une robe noire !

Soudain il est sur moi, m'encercle de ses bras, me ceinture. Je n'ai pas d'issue, suis prise, captive sous son poids. Il guette mes réactions. Au moindre mouvement il bondit, resserre son étreinte, m'écrase davantage. J'ai peur de lui autant que de moi, peur de me soumettre, de consentir à sa force (capituler pour ne plus avoir à lutter). Son absence de retenue, de pudeur, son souffle rauque, son indignation, sa violence, tout cela pèse sur moi en même temps que son corps. Ne pas perdre la tête, surtout ne pas céder comme je le faisais sous la contrainte du Gigolo, ne pas abdiquer pour avoir la paix. Je dois plutôt me tendre, le défier, accepter, revendiquer de prendre des coups. Je me débats, combats, me dégage en arrachant sa cape qui se déchire dans son dos. Je profite de la stupeur épouvantée qui d'abord l'amollit pour extraire un bras de l'étau de ses membres, le griffer de mes ongles, le gifler. Je vise sa bouche, son nez, ses joues. Il crache en retour sur mes yeux, plusieurs fois sur mes lèvres, reprend vite le dessus en agrippant mes poignets avec ses mains dures, m'immobilise en s'employant à nouer les pans de sa cape en lambeaux autour de mon cou comme s'il voulait m'étrangler.

— Maman !

Il comprime ma figure avec son menton qu'il frotte contre mes joues en s'aidant de la salive qui goutte de ma bouche. Il la mélange à la sienne, ses crachats, les larmes qui coulent de mes yeux. Je ne m'étais pas aperçue que je pleurais, bavais telle une possédée. Sa bouche mince se fronce maintenant, s'arrondit, prend la forme d'un anneau sombre, attendrissant, naïf comme celui qu'élabore la bouche d'un nourrisson à l'instant de s'ouvrir, se tendre vers le sein maternel. Je cligne des yeux, les écarquille afin de les garder grands ouverts. Mes cris rendent ma voix plus rauque encore. Il n'est plus que chair, une chair enragée. Ma chair.

Je suis prête à me battre, le frapper, m'en débarrasser, l'effacer de ma vie, le brûler comme on le fait d'une verrue afin qu'il ne reste plus de lui qu'une vague marque disgracieuse sur ma peau, réduire en cendres son souvenir au fond de moi, le faire disparaître. Une vilaine cicatrice. Il n'est plus mon fils, celui de Sacha. Son front heurte mon front, sa jambe s'acharne au milieu de moi. Il ahane tout en cherchant à m'éventrer. Je sens son genou qui insiste, supplie.

Sa violence est un assommoir qui laboure ma peau, me fend.

12 mars 1943

1

J'attends dans le couloir.

Des cliquetis de machine à écrire, des sonneries de téléphone, des fenêtres qui claquent, des pas lourds, des bruits de conversation. Je suis assise sur une banquette étroite, serre énergiquement les anses de mon sac à main, ne sais quoi regarder, que faire, quelle contenance adopter. Un homme portant un manteau de cuir noir trop grand pour lui sort de l'un des bureaux qui ponctuent le couloir. Il presse contre lui, tel un amoureux retenant sa fiancée évanouie, une femme sans âge d'une pâleur extrême. Le haut du corps, les cheveux, le visage, le corsage jusqu'à la poitrine sont mouillés comme si une averse s'était abattue sur elle. Se pourrait-il que ce soit Lucette Dorian ?

— Qu'est-ce que vous attendez ?

L'homme au manteau de cuir ne veut pas que je reste là.

— Qui vous a donné l'autorisation ?

Pierre Bonny apparaît alors.

Je n'ai besoin que de quelques secondes pour le reconnaître. La moustache taillée, les joues creuses, les lunettes aux verres fumés, la cravate, la pochette élégantes. Un bourgeois chic. Inchangé, Bonny, à peine vieilli. Il sourit. Je me raidis, me lève de la banquette. Il s'approche, me prend la main pour l'effleurer de ses lèvres sèches.

— Arlette, quel bonheur de vous revoir après toutes ces années !

Puis, le bras tendu pour m'inviter à pénétrer dans son bureau :

— Que puis-je faire pour vous ?

Il faudrait que je parle, me défasse de cet air bougon, inquiet qui m'enlaidit, j'en suis sûre, de ce regard que je ne parviens pas à rendre froid, indifférent, tandis que j'observe les pieds nus de la femme trempée qui traînent inertes sur le parquet, sa tête inanimée qui roule sur l'épaule de l'homme qui l'emmène au bout du couloir. Je ne dois pas me laisser envahir par l'effroi. Je dois plutôt fermer les yeux, ne plus écouter la respiration haletante du bourreau entraînant sa victime. Que lui a-t-on fait, à cette malheureuse femme, que va-t-elle devenir ? En m'asseyant sur le fauteuil que me désigne Bonny je cherche autour de moi les traces de cette eau dans laquelle elle a été plongée. Une flaque peut-être, quelques gouttes au moins. Il me semble que voir les preuves de son martyre apaiserait mon angoisse. Pour me donner du courage j'ai besoin de constater le sien, l'éprouver afin de m'y associer, être capable d'en témoigner. Je me dis qu'ainsi son sacrifice serait moins subreptice, moins inaperçu. Je finis par apercevoir une porte étroite au fond de la pièce d'où proviennent des exclamations étranges, des bruits effrayants dont je ne parviens pas tout de suite à distinguer la nature.

— Que devenez-vous ?

Pierre Bonny allume une cigarette, me fixe à travers la fumée puis m'examine de la tête aux pieds avec un sourire plein de vanité. Troublée, je lui réponds comme je peux (l'Amérique, le cinéma, mes échecs pour refaire ma vie ailleurs, autrement, mon activité désormais plus modeste de modiste). Je me surprends les yeux braqués sur lui à agripper l'accoudoir du fauteuil afin de poursuivre coûte que coûte ma confession comme si c'était une nécessité, quelque chose que j'aurais longtemps attendu. J'ai presque la sensation de me dénuder devant lui, laisser choir un peignoir comme je le faisais dans l'atelier de Mora.

Irais-je jusqu'à le charmer pour arriver à mes fins ?

— Mais vous ne portez pas d'étoile ? Votre mari était juif, n'est-ce pas ?

Il ne veut pas prononcer son nom, a caviardé sa mémoire, révisé son pedigree policier en biffant Sacha de ses amitiés passées afin de complaire à ses nouveaux employeurs. Entre nous une présence s'interpose peu à peu qui germe dans mes mots, mes confidences – la silhouette de Sacha, son ombre revenante. Sacha est à mes côtés et m'encourage.

— Lui oui mais pas moi, je suis baptisée, vous voulez voir mon certificat, peut-être ?

Il s'amuse de mon insolence, Bonny, y voit sans doute les prémices d'un jeu de séduction. On devine qu'il se sent protégé par le lieu, les bruits sinistres, la taille de son bureau, immense avec des fenêtres larges par où tombe une lumière fraîche de printemps.

— Nous pourrions dîner un soir prochain, qu'en pensez-vous ? Évoquer le temps passé, nos soirées au Poisson d'Or avant-guerre.

Sa voix souffle comme un chalumeau dont la flamme essaierait de transpercer l'acier d'un coffre-fort. Elle me rappelle le fer à souder des ouvriers dans la chambre d'hôpital à Chamonix, le cercueil, la dépouille de Sacha. Tout ici d'ailleurs m'y ramène. La présence de Pierre Bonny, le motif de cette entrevue. Je songe que depuis quelques jours il y a autour de moi comme une conspiration dont je serais le jouet.

2

Hier, au milieu de la nuit, la sonnette de l'appartement m'a brusquement réveillée. Je me suis laissé surprendre un instant. Ça m'arrive encore (le grelot de la prison, clair dans mes oreilles comme si j'y étais toujours). Une seconde fois la sonnette a tinté, plus longuement, avec insistance. Je n'étais donc plus à la Petite Roquette même s'il faisait sombre en moi.

J'ai aussitôt pensé à Claude, la clinique de Sainte-Geneviève-des-Bois où je me suis décidée à le faire interner après qu'une sale rumeur avait commencé de circuler dans ce village de l'Oise, Fontaine-Chaalis, où trois ans auparavant je lui avais trouvé une famille d'accueil afin de l'éloigner de moi, de Michèle, après cette crise de violence que je n'avais pas su empêcher, réprimer. C'était compter sans la malfaisance du monde, même au cœur de la campagne. Le fils de l'escroc. Mais je ne pouvais pas garder Claude avec moi. Il aurait fallu que j'oublie, lui pardonne. Était-il arrivé quelque chose à la clinique ? Fugue ? Suicide ? Rafle ? Tout ça tourbillonnait dans ma tête tandis que je cherchais à allumer la lumière pour regarder l'heure. Ça se chevauchait, me donnait le tournis.

Cette sensation de panique intérieure m'est pourtant familière. Je l'ai éprouvée un très grand nombre de fois ces dernières années, depuis la mort de Sacha en réalité, sans comprendre jamais comment il est possible que mon corps parvienne à s'affranchir aussi aisément de mon esprit. Soit qu'il demeure tranquille cependant que mon esprit tremble, soit à l'inverse qu'il entre en convulsion tandis que mon esprit conserve une certaine froideur. *Le corps a ses raisons que l'esprit ne connaît point.* Je songe à présent que, avec le nom de son père sous lequel Claude a tenu paraît-il à se présenter au directeur de la clinique, tout est possible. Ne lui avais-je pas dit : « Tu t'appelles maintenant Claude Lion, tu entends ? Claude Lion ! »

Je me suis levée le plus calmement possible malgré l'inquiétude, ai pris le temps d'enfiler une robe de chambre comme durant cette nuit de janvier 1934 où l'on est venu m'annoncer le décès de Sacha. Je me suis dirigée pieds nus vers l'entrée de l'appartement en espérant que le bruit de la sonnette n'avait pas réveillé Michèle, ai ouvert la porte à demi. Le palier n'était pas éclairé. J'étais terrifiée mais j'ai voulu écouter le son feutré de la nuit qui montait de l'escalier afin de m'assurer que personne ne me guettait dans l'encoignure de l'ascenseur, que tout cela n'était qu'une hallucination, un cauchemar. J'ai distingué un souffle rapide, tendu dans la pénombre, respiré une odeur de raisin, d'alcool. J'allais refermer la porte lorsqu'une main en a retenu le vantail. Un corps chaud, en sueur, s'est faufilé derrière moi tandis qu'une paume moite se posait sur ma bouche comme pour m'étouffer.

« Taisez-vous ! »

Je me suis aussitôt souvenue de l'étreinte suppliante du Gigolo, sa brutalité, le bâillon de ses doigts sur mes lèvres, puis de Michèle qui dormait à quelques pas. Le corps s'est retiré, la paume écartée.

« N'ayez pas peur ! »

Cette voix, je la connaissais. Claude ? Non, la voix était trop grave. Il ne m'aurait pas vouvoyée.

J'ai allumé une lampe veilleuse sur le guéridon.

Là, devant moi, ces épaules massives sous la canadienne fripée pleine de taches, ce cou charnu, ces cheveux denses, cette écharpe blanche. C'était lui, cet inspecteur robuste, attentionné, qui m'avait escortée à Chamonix il y a presque dix ans. Sa main large au bout de son bras se tendait, se posait douce et souple au creux de mon coude, remontait vers mon épaule, s'y abandonnait. Je restais là sans bouger. Dans une seconde ce serait clair, aucun doute ne serait plus possible. Je savais que ça jaillirait de lui, pénétrerait en moi dès que, buste incliné, il échangerait un premier regard. Quelque chose a vacillé dans son œil puis s'est figé, pareil à une petite coquille lisse. Ses yeux ont pris une expression concentrée. Une lueur mendiante s'est allumée sur son visage accablé, s'y est vite répandue comme si on braquait sur lui un rayon de lumière. Son corps entier, sa silhouette s'en sont imprégnés. Que me voulait-il en pleine nuit ? Il s'est mis à chuchoter. Ses lèvres grelottaient.

« Seul un miracle, répétait-il, seul un miracle. »

Je ne comprenais rien à ce qu'il essayait de me dire. Les mots carambolaient dans sa bouche. Je me tenais droite en rempart devant la porte du salon où je ne voulais surtout pas qu'il entre. Il demeurait là dans l'entrée, balbutiant.

J'ai fini par démêler qu'il parlait de sa femme. Puis il a prononcé le nom de Bonny, l'inspecteur Bonny, l'ami douteux de Sacha qui m'avait autrefois interrogée, avait mené l'enquête à propos de l'affaire tandis que le bruit courait qu'il n'était peut-être pas tout à fait étranger à la mort de mon mari, l'inquiétant Pierre Bonny qui depuis s'était mis au service des Allemands, régnait sur la police parisienne, était devenu l'un des princes de la collaboration.

« Quoi, Bonny ? »

Max Dorian murmurait en chancelant. Un réseau de résistants, une fabrique de faux papiers, la librairie de la rue Bonaparte qui servait de boîte aux lettres, une vague d'arrestations qui avait eu lieu la veille, sa femme que Bonny et ses hommes avaient enlevée à défaut de mettre la main sur lui.

« Ils la retiennent rue Lauriston, ils vont la torturer, l'assassiner si je ne me rends pas, ne leur donne pas ce qu'ils cherchent, des noms, des contacts. Seul un miracle… »

Un courant passait de lui à moi. Je sentais sur ma peau le frôlement de son regard affolé.

« Seul un miracle. »

Je lui ai fait signe de la tête. Il a agité un bras en retour. Comme un salut. Il ne m'a rien caché. C'était si fragile encore, cette espérance, *son* espérance. Il me semblait qu'il était impossible d'y faire tenir ce fatras d'impressions, de souvenirs qu'il avait accumulés sans me voir, sans me parler, au fil du temps qui séparait nos deux rencontres. J'acquiesçais sans comprendre. Par où commencer? Nous nous observions dans la pénombre avec étonnement. Ses phrases maladroites : « La famille, vous savez ce que c'est… »

Il a eu un geste d'impuissance comme s'il renonçait à m'expliquer. J'ai dû avoir un mouvement d'impatience, me suis penchée vers lui.

« Dites-moi plutôt ce que vous attendez de moi. »

3

— Oui, Pierre, c'est une bonne idée, dis-je en fouillant dans mon sac à main, vous croyez que le Poisson d'Or n'a pas fermé ses portes?

Je suis décidée, n'ai plus peur, me saisis de l'enveloppe que je cherchais.

— Vous vous souvenez de cette lettre que vous avez adressée à Sacha le 24 décembre, quelques jours avant sa mort?

Bonny ne répond pas. J'ai l'impression que les verres de ses lunettes se sont assombris. Je ne vois plus ses yeux. Je songe que je suis devenue en une fraction de seconde comme un corps mort posé en travers de son chemin, un obstacle lourd. Il a sans doute envie de le pousser, ce corps, le déplacer, peut-être le cogner, des poings, des pieds, l'écraser. Comme Sacha, comme le conseiller Prince.

— Une lettre?

Je la lui tends. Son visage est impassible tandis que je sens une ondée de sueur tremper mon dos. Je pense à la femme ruisselante que j'ai aperçue en arrivant.

— C'est une copie, Pierre, je vous accorde qu'elle est de très bonne qualité, mais c'est une copie.

Il ne la regarde pas. Bien sûr qu'il ne consentira pas, c'est insensé. J'aurais dû m'y attendre.

— Que voulez-vous ?

Presque rien. Comment dire ? Fermer les yeux, ouvrir une porte, ce n'est pas grand-chose pour lui. Je suis certaine qu'il est en train d'évaluer le poids de la menace que représente cette lettre (la preuve de sa connivence passée avec le Juif Stavisky, leurs intérêts communs). Il se demande ce qu'en penseraient ses amis allemands, dans quelle mesure cela pourrait lui nuire. La grâce ne tient souvent qu'à un cheveu, n'est-ce pas ? On l'arrache par mégarde et la disgrâce de s'abattre sans prévenir...

On lui demande sans doute tellement de services, à Bonny, sauver l'un, épargner l'autre, qu'il a appris à se rétracter dans sa coquille de policier mercenaire afin de ne rien entendre. Il n'a qu'un geste à faire pour qu'on m'arrête, me plonge moi aussi dans une baignoire derrière la petite porte du cabinet où s'affairent ses sbires. Qui s'en inquiéterait ? Ils doivent être nombreux ceux qui s'adressent à lui. Quémandeurs de tout poil, pleurnichards voulant sauver un ami, un parent, au prétexte qu'autrefois ils l'ont fréquenté, croisé lors d'un dîner ou dans un restaurant. Comme moi du temps du Poisson d'Or. Comment donc s'appelait cette jeune femme qui l'accompagnait, s'isolait dans les toilettes du cabaret pour en revenir les yeux rouges, les ailes du nez trop poudrées ? Bonny se lève, contourne le bureau, se tient debout avec une nonchalance étudiée.

— Lucette Dorian ?

Il me parle des mouvements de résistance qui sont comme des arbres à mouchards. Il n'y a qu'à les secouer pour que de leurs bouches tombent des noms, des planques.

— Mais je ne peux rien vous refuser, chère Arlette, puisque vous consentez à dîner avec moi.

15 juin 1955

1

Des remous frémissants sous les grands palmiers du parc, des couples qui s'isolent à la faveur de la nuit, quelques effervescences joyeuses près de la piscine, un désordre bon enfant de kermesse sous la lune.

Partout un tourbillon de robes longues, de smokings, d'uniformes portés par des individus que je peine à reconnaître dans la pénombre, le clair-obscur des bosquets. J'aperçois Russell, mon mari, vêtu d'un spencer de soirée (pattes d'épaules de capitaine de l'US Air Force, boutons dorés, revers moirés, ailes blanches d'aviateur sur le bras, médailles miniatures sur la poitrine), qui s'entretient avec un officier français au visage annamite. De-ci de-là à la lumière des torches il y a deux ou trois visages qui finissent par m'évoquer quelque chose, sur lesquels parfois je parviens à mettre un nom. Beaucoup de chargés d'affaires, de militaires, de diplomates. Porto Rico regorge d'étrangers. Tous un peu espions, dit-on.

Sous les arcades de la villa un groupe de jeunes filles minces, blondes, élégamment vêtues, chahute avec de solides garçons du même âge. Mâchoire affirmée, dos large, nuque propre. Filles, fils de bonne famille venus de la proche Floride afin de se divertir quelques jours, profiter de Flamenco, Mar Chiquita, Shacks, Crash Boat, les longues plages de l'île de Porto Rico.

Parmi eux ma fille Michèle, Jack, son époux.

Ces beaux jeunes gens ont en commun de fleurer bon l'argent facile, le luxe fluide, la prospérité franche. Ici on ne cache pas sa fortune, on l'affiche avec désinvolture. C'est si différent de l'Europe, de Paris, de New York même. Je les observe de loin, m'ennuie vite en écoutant leurs conversations. Tandis que je scrute leur joie avec perplexité je me dis qu'il est normal qu'à plus de cinquante ans j'aie la fâcheuse impression que leurs bavardages, leurs rires sont aussi insipides que leur beauté est froide, éthérée. Surf, plongée, golf, danse, flirt, alcool... C'en est presque écœurant. Comment diable Russell fait-il pour apprécier cela, ces grignotages badins, ces vains mâchonnements ? En moins de dix ans sa générosité spontanée a fait de ma fille (il a tout financé sans rechigner – le collège privé à San Juan, les précepteurs, l'université sélecte de la côte Est où elle a rencontré Jack) une sorte de ménagère chic, une jeune mère de famille épanouie aux belles boucles brunes, taille menue, seins pointus, une femme faussement émancipée qui bée d'admiration devant son mari, ses enfants, ne parle que twist, *mashed potatoes*, bowling ou bikini dans un anglais parfait que déforme néanmoins un terrible accent yankee. Je la regarde sans reconnaître sous cette allure si désespérément américaine l'enfant charmante de la rue

Saint-Honoré dont je ne voulais pas me séparer lorsque j'ai épousé Russell juste après la guerre.

J'ai envie de la rabrouer, Michèle, de les moucher, ces héritiers sereins. Faire disparaître leurs airs condescendants, dérégler leur assurance tranquille. Je m'indigne, m'ennuie. Aurais-je oublié ma propre jeunesse ? Le bouillonnement rapace du Gigolo, l'attachement libertin de Mora, la passion insatiable de Sacha ? Je n'avais que trente ans à sa mort mais à cet âge-là j'avais déjà trois enfants, vécu mille vies, aimé sans limite, osé sans crainte, trahi sans remords. Sur ma peau clignotait l'empreinte du temps long des chagrins. Mort, viol, honte, scandale, opprobre. En contemplant le théâtre de leurs charmes débutants, à ces bourgeois rejetons du Nouveau Monde, un théâtre que d'expérience je sais éphémère, je pense à Claude abandonné dans une clinique psychiatrique, à Jacquot que je n'ai pas revu depuis plus de vingt ans, dont j'ignore tout à présent – où il vit, sous quel nom. La seule chose à laquelle je m'accroche pour ne pas être tout à fait accablée c'est l'idée que mes deux fils ont le même âge que ces garçons blonds aux yeux clairs, la même mèche épaisse brandillant sur le front, la même peau lumineuse, les mêmes rêves futiles, la même insouciance un peu sotte.

Je ne bouge pas, frissonne dans la nuit malgré l'atmosphère chaude et humide, me sens en exil. Cette île toujours ensoleillée, ces gens toujours lustrés. Paris me manque cependant que je n'ai eu de cesse d'en quitter la douceur dès après mon procès. Broadway, l'Espagne, Porto Rico. Je les ai pourtant voulus, ce spectacle, cette ambiance, ce luxe. Déjà Mora, déjà Sacha. Un homme, une fortune. Mon mariage avec Russell Cook ne fait que confirmer la prégnance en moi de cette déplaisante disposition à n'être attirée que par des hommes puissants, riches. Quoi de plus consistant en effet que le couple que je forme avec Russell (le fils aîné d'un milliardaire texan versé dans le pétrole), quoi de plus appétissant que la belle Française et le nabab américain ? Une qualité exquise – chacun de respirer auprès de nous, disent nos amis, le fumet du bonheur.

Depuis que je me suis enfuie de l'appartement familial de Passy une force souterraine indépendante de ma volonté semble m'imposer d'accepter les riches déguisements qu'on me tend, d'enfiler sans peine le masque impavide de l'épouse radieuse afin d'y dissimuler mes traits véritables autant que la trace de la morsure amoureuse de l'argenté chanceux qui me convoite. La jolie oie a besoin de confort. Une proie facile, si consentante. De payer toujours le prix fort. Je me console en songeant que je possède néanmoins quelque chose en moi qui me protège. Une réserve intime d'impureté, de noirceur, de vice peut-être, quelque chose qui me fait penser à ces amphores brisées, souillées de goémon, que les plongeurs remontent, émerveillés, du fond des océans avec des précautions d'artificier, quelque chose qui résiste au temps, aux souffrances, n'arrête jamais de battre sous la surface lisse des événements, douce des peaux, ferme des sentiments, qui après chaque épreuve, chaque descente douloureuse dans les gouffres me donne le courage de ne pas sombrer, me sauve du dépit, de la résignation, me veille, me guérit avant souvent de m'entraîner à nouveau par le fond.

2

Il est l'heure de servir le premier souper.

Je fais signe au majordome. Russell m'entraîne avec lui vers une longue tablée de notables locaux. Aviateurs étoilés, marins américains de la Roosevelt Roads Naval Station, anciens combattants installés sur l'île, sénateurs de passage, hommes d'affaires. L'ennui se densifie à la chaleur, gonfle avec l'humidité, comprime vite l'esprit, devient étouffant. Une sensation étrange me fait sursauter. On dirait qu'une main cherche à agripper mes cheveux, une main d'enfant, courte, dure et froide. C'est bref, une seconde. En secouant la tête pour dissiper cette sensation j'aperçois une ombre déployée qui zigzague au-dessus de moi, se dissout dans la nuit. Cueva Clara, la plus grande grotte de l'île, n'est qu'à quelques kilomètres d'ici. Y vivent des centaines de chauves-souris. Je suis nerveuse, me lève discrètement, pars bientôt à la recherche d'un peu de fraîcheur dans la maison.

Je pénètre dans la bibliothèque dont les croisées donnent sur la véranda. Y rôde une vague odeur de raisin, sucrée et âcre à la fois. Dans la pénombre je distingue une silhouette assise droite sur l'un des canapés. Un homme mince d'âge moyen aux tempes rases. Sans le voir précisément j'imagine à son allure, son maintien qu'il porte un uniforme comme la moitié des invités. Je ne suis donc pas surprise de découvrir, brillant à la lumière tamisée d'une petite lampe, des épaulettes dorées d'officier. C'est à la forme en amande de ses yeux sombres, ses longs cils noirs, ses pommettes effacées que je reconnais le militaire français avec qui tout à l'heure conversait Russell. Il regarde fixement devant lui. Sa face ne bouge pas comme s'il observait les centaines de volumes reliés qui couvrent les murs de la bibliothèque afin d'en déchiffrer un par un les titres malgré le contre-jour.

— Ce sont de vrais livres, vous croyez ?

Il est beau, athlétique. Son port de tête est noble si sa bouche est pâteuse. Un peu de salive dessine à la commissure de ses lèvres comme deux parenthèses laiteuses. Il a sans doute trop bu. Son anglais est approximatif, son accent ridicule, ses intonations snobs. Je me réfugie dans l'encoignure d'une porte-fenêtre, n'ai pas envie de me montrer.

— Je crois qu'ils sont tout à fait vrais, oui ! Avec des pages, des lettres, tout ce qui fait qu'un livre est un livre.

Il se lève en défroissant sa vareuse, se saisit d'un volume au hasard, l'ouvre, le retourne.

— Ils sont vrais en effet. Ce n'est pas du chiqué. Je suis bien attrapé. Je pensais que la maîtresse de maison était une illusionniste de premier ordre.

Puis :

— Mais vous avez vu ? Là ? Les pages ne sont pas coupées ! Elle sait où s'arrêter, l'intrigante, n'est-ce pas ? Que voulez-vous, à quoi pouvait-on s'attendre de la part de quelqu'un avec un tel passé ? Je lui ai dit à Russell, méfie-toi, cette femme est fourbe, fausse. Nous, en France, on est fixés depuis longtemps...

— De qui parlez-vous ?

Sans chercher à me voir, comme à la cantonade il geint en se rasseyant :

— La maîtresse de maison, la belle Gaby Cook.

Je m'abstiens de répondre, me sens exposée même dans l'ombre, rosis, frissonne au son de cette voix d'où coule une rancune froide qui m'engourdit, me tétanise. La voix métallique pleine de mépris d'un homme que je devine respecté, craint, un officier français de retour d'Indochine, un soldat sans doute exemplaire, héroïque peut-être, rescapé de Diên Biên Phu. Sa rancune vient jusqu'à moi. Il me fait signe de la tête, agite un bras.

— Mais venez, vous n'êtes pas bien là, venez donc vous asseoir sur le canapé, vous serez mieux.

Je cède inexplicablement, sors de l'ombre, suis surprise de ma propre docilité, m'installe à ses côtés en m'efforçant de ne lui présenter que mon profil. Retarder l'instant. Il est agité, regarde autour de lui, les livres, les fenêtres, puis me découvre, se concentre sur moi. Il m'a reconnue. Sa bouche se contracte. Une sympathie vague sourd de ses yeux étirés qui se mêle d'abord à la rancune, la remplace progressivement.

— Arlette Cook, Gaby Stavisky, Arlette Stavisky, Gaby Cook, c'est tout du kif…

Quelques gouttes à peine versées par son regard de ce réactif qui fermente au fond de lui (des atomes de séduction, d'ascendant naturel) ne m'empêchent pas de distinguer ce qu'il peut y avoir de gênant, de vulgaire dans ce geste qu'il esquisse, ose en souriant. Lisser mes cheveux d'une main légère, caresser mon oreille du bout des doigts, glisser jusqu'à mon cou. Je me souviens de Bonny au Poisson d'Or, en 1928, ses travaux d'approche dans la pénombre du cabaret. C'est un geste audacieux que j'ai envie d'interrompre mais sans en avoir la force. Je chercherais presque une grappe de raisin sur les murs pour y réfugier mon regard. Bonny, le Gigolo, leur désir comme une arme braquée sur ma tempe. Sa main ne tremble pas. Son visage ne tressaille pas. Il se colle à moi, me soude à lui comme si nous étions deux enfants siamois.

— Arlette…

Il va sans doute se dilater comme le Gigolo, sécréter pour l'étirer, l'étendre entre nous une passion éphémère, nourrie silencieusement de mes échecs, de ses défaites, de mes hontes, de ses déroutes, une passion qui animera bientôt la chair hydride d'un monstre dont ni lui ni moi ne saurons diriger le mouvement ni contrôler l'énergie autonome, qui nous consumera un court instant.

La *veuve de l'escroc*, le soldat vaincu. Au fond de nous n'est-ce pas un peu le même déshonneur qui mijote ?

Vu de l'extérieur tout semble en ordre, un ordre de bataille – moi dans ma luxueuse maison de Porto Rico, lui sanglé dans son uniforme de guerrier. Nul ne peut rien voir, rien savoir de nos débâcles respectives. Pourquoi lutter contre cette sensation de compression, de crispation ? Pourquoi ne pas y céder ? Pour lui comme pour moi il s'agit seulement de surmonter la capitulation en la ressuscitant.

Quelque chose coule tout à coup sur nos visages, nos corps. Je me renfrogne sur le canapé, me replie en moi-même. Ma lèvre se tord en une grimace de dégoût tandis que je m'efforce de ne plus bouger. Il me déplaît, le sent, s'écarte.

— Une tempête dans un verre d'eau, Gaby, ne faisons pas d'histoires pour rien.

Puis :

— Vous voyez le mal partout, Arlette.

Quelle délivrance, quelle sécurité soudain. Je suis seule de nouveau, légère et libre de mes gestes, je peux me dérober, esquiver. Gaby, Arlette, peu importe, peu m'importe. Le désarroi qui se faufile entre nous renvoie chacun à sa propre solitude, une solitude palpable qui conduit l'ambiance de cette maison tout encombrée d'ennui, de désœuvrement, de déception, de gâchis jusqu'à son point de condensation. Il fallait s'y attendre, ne rien espérer de cet officier en déroute. Les hommes puissants, je n'aime que les hommes puissants. De ses yeux minces il fixe les livres devant lui. Le voilà qui se lève, s'éloigne. Il n'a eu qu'à paraître, lui ou un autre, redresser son cou, bien calé dans le canapé sur ses jambes musclées, pour qu'aussitôt je penche vers lui.

Une répugnante comédie.

28 janvier 1974

Arlette Stavisky, la veuve du plus fameux escroc du siècle, vient d'arriver à Paris. Ancien mannequin Chanel, elle a aujourd'hui 70 ans. Remariée à un Américain, elle vit aux États-Unis. On s'attendait à des souvenirs, des anecdotes, des regrets. On n'a eu droit qu'à une diatribe prouvant que quarante ans après le drame celle qui fut la « belle Arlette » n'a pas désarmé. Elle déclare : « Je n'ai jamais répondu à des journalistes ! Les manigances de votre métier ne m'intéressent pas ! Vous êtes quantité négligeable, jamais au courant de quoi que ce soit ! Vous ne pensez qu'à faire de l'argent avec cette affaire étonnante. Sachez que mon mari possédait plus d'intelligence à lui seul que tous les journalistes de la terre réunis ! Il n'y a d'ailleurs que deux personnes à connaître l'exacte vérité : mon fils et moi. Et nous garderons notre secret ! »

(*France-Soir*)

1

Sous la lune, dans une lointaine banlieue, un chapiteau planté dans la boue.

Une vieille affiche rouge et vert décolorée par la pluie annonce un dompteur, des clowns, un funambule à cheval, deux acrobates, quelques jongleurs, un prestidigitateur.

J'avance à regret dans la tourbe, peine à me convaincre de devoir y salir mes escarpins, pénétrer dans le cirque où j'entends que déjà se pressent des familles entières tout enflées de rires, de cris, d'excitation. Un bonheur simple. Je m'assois en haut des gradins à côté d'une jeune mère, sa petite fille dont les longues tresses brunes tressautent à chaque instant de plaisir et d'effroi mêlés. Durant le spectacle la gamine fascinée écoute les clowns, suit des yeux les balles des jongleurs, la danse des acrobates, le mouvement sec du fouet du dresseur qui soumet deux vieux fauves accablés et dociles. Elle est grave, son regard ne se dérobe pas. Elle paraît sensible malgré son jeune âge au travail des saltimbanques, comprend que les prouesses qu'ils accomplissent là devant elle c'est pour elle, son bonheur, son plaisir. Les cracheurs de feu, les avaleurs de sabre.

Puis on annonce l'illusionniste.

Je vibre, tremble. Je veux la réprimer, cette vibration. Ma main droite saisit ma main gauche comme si ce n'était pas la mienne. Mais le tremblement redouble, gravit mes bras jusqu'à mes épaules, ma nuque, s'empare de mon corps bien que je sois assise, me secoue.

J'ai du mal à reconnaître mon fils Claude dessous l'habit pailleté, son visage émacié que brouille une barbe épaisse. Un Monsieur Loyal miteux en redingote rouge, sorte de Père Noël de misère, le présente au public comme le *prince Stavisky.* Ça n'émeut personne. La lumière tombe. On ne voit plus que ses mains longues et exsangues qui empoignent un haut-de-forme, le retournent comme si elles vidaient un seau. Des colombes de s'échapper, des lapins de s'enfuir, une vie blanche de suinter du néant noir. Quelques applaudissements modestes. Claude se saisit maintenant de cinq bobines de fil de couleur différente, d'un paquet d'aiguilles.

M'a-t-il reconnue dans l'assistance ?

Il désigne ma petite voisine tandis qu'un projecteur puissant dévie de sa trajectoire pour se poser en vrac sur elle, sa mère, moi. Claude lui fait signe, lui demande de descendre le rejoindre sur la piste.

— Tu enfiles les fils sur l'aiguille pendant que moi je les enfile avec ma bouche, d'accord ?

La gamine s'applique cependant que Claude avale fils, aiguille, fait mine de les digérer avec force grimaces. Il recrache bientôt les cinq bouts de fil parfaitement alignés sur l'aiguille devant le regard ébahi de la petite. Puis il lui tend un journal, *France-Soir*, en isole la première page, l'aide à l'accrocher sur un chevalet à l'aide de petites épingles.

France-Soir – je reconnais aussitôt les titres du numéro où vient d'être publié le faux entretien que j'ai prétendument accordé par téléphone à l'occasion de la sortie prochaine d'un film consacré à l'affaire.

Claude allume une cigarette, en promène le bout incandescent à la surface du papier journal en sorte que la brûlure y dessine petit à petit la silhouette déployée d'une chauve-souris. Il réduit en cendres ma voix, celle du moins qu'il m'a prêtée, inventée, rêvée. Je sais que c'est lui qui a monté cette escroquerie avec *France-Soir*, qu'il a tout manigancé. Il se recule à présent, plonge la main à travers la page en partie calcinée afin de la déchirer, ramener de derrière les brandons une chauve-souris vivante qu'il tient par les ailes. La foule effrayée d'applaudir, la chauve-souris de s'envoler en haut du chapiteau, le *prince Stavisky* de s'éclipser aussitôt.

Tandis que je cherche à rejoindre la roulotte qu'on m'a indiquée comme étant celle de Claude je songe que cela fait quarante ans presque jour pour jour que Sacha est mort. Demander des explications au *prince Stavisky* ? Pourquoi cette supercherie ? Pourquoi me faire parler quand je ne veux rien dire, ai toujours refusé de m'exprimer, de donner la moindre interview, pourquoi alors imiter ma parole, la vendre ? Ce ne sont pas la colère, le regret, le remords qui me bouleversent ainsi. Le remords de quoi, grands dieux, le regret de quoi ? D'être jugée, trahie par mon propre enfant ? Pas davantage la crainte d'être une nouvelle fois livrée nue aux chiens, contrefaite par un fils peu scrupuleux, un réalisateur en mal de scandale ou un journaliste désinvolte en mal de copie.

Vingt longues années sans revoir Claude. Tout ça pour le retrouver sous les traits faussaires d'un mystificateur au petit pied. Croit-il ainsi ressembler à son père ? Veut-il en singer l'ingéniosité fripouille ? Prendre une fois de plus sa place auprès de moi, à mes dépens ? Ce n'est pas cela non plus, l'arnaque, la duperie en famille, ce n'est pas cela qui me fait trembler, non, c'est plutôt quelque chose comme la sensation d'avoir atteint un point de satiété, d'écœurement. Le point ultime, en somme. Il fallait bien que ça arrive un jour. L'affaire, c'était depuis toujours dans ma gorge comme la petite cicatrice que laisse un noyau d'olive des années après qu'en l'avalant par inadvertance on a cru mourir. Ça m'empêchait parfois de respirer quand je m'allongeais, ça me grattait, me démangeait souvent, même si la douleur était plutôt sourde.

Depuis quelques jours je ne sens plus rien.

2

Je frappe à la porte de la roulotte tout en guettant au fond de moi la cadence hésitante de ce tremblement qui ne s'interrompt pas, attendant de lui je ne sais quoi de céleste, imaginant qu'il est peut-être un signe divin. Claude ne m'ouvre pas. J'entends des rires de femme, fais le tour de la roulotte, une modeste caravane aux couleurs rouge et verte du cirque, me penche comme je peux sur une petite fenêtre à travers les rideaux de laquelle j'aperçois une lueur. Dans mon dos j'entends des feulements, des hennissements, des murmures, le bruit hétérogène de la foule qui se retire. Je ne reverrai sans doute pas Claude avant de regagner les États-Unis. Ma déception se change en amertume.

Cette fois tout cède d'un coup. Le *prince Stavisky* ne daigne pas me recevoir. La reine mère titube, toujours tremblante, tête baissée vers le sol se retient à un lampadaire. Nul cri ne sort de ses lèvres.

Et si j'allais mourir là, au pied la roulotte ?

Cette chauve-souris grimaçante que Claude tenait entre ses doigts, quel présage, quelle horreur ! C'est bien fait pour moi, c'est ce que je mérite, ce que j'ai cherché en venant jusqu'ici, ce terrain vague plein de boue, en m'y humiliant. Le souvenir des années douces, les années

Claridge, le souvenir de Sacha vont disparaître en même temps que moi. Je n'ai jamais cessé d'en être gorgée, de cette histoire. Sacha s'est un soir enfui à la dérobée comme le voleur qu'il était mais qu'importe désormais. Que signifie cette amertume qui emplit ma bouche de salive ? Un méchant doute passe sur moi, me poignarde sans me ternir. Je me tiens devant Dieu aussi dépouillée que la plus vile de ses créatures et cependant inébranlable dans mon désir d'accepter le sort sans hésitation, de subir la douleur sans plainte. En cet instant je me tends, m'offre afin que le coup divin se porte jusqu'au cœur.

Il est sans doute temps.

Timidement ma main va chercher à tâtons sur ma poitrine le battement maintenant très ralenti, presque imperceptible, du sang dans mes veines.

Composition : IGS-CP à L'Isle-d'Espagnac (16)
Achevé d'imprimer
par CPI Firmin-Didot
à Mesnil-sur-l'Estrée, en mars 2025
Dépôt légal : mars 2025
Numéro d'imprimeur : 183443

ISBN : 978-2-07-308505-4/Imprimé en France

642354